Rotlöckchens Grab

Conny Lüscher

Rotlöckchens Grab

Psychothriller

Jede Ähnlichkeit mit lebenden oder toten Personen und tatsächlichen Ereignissen wäre rein zufällig.

Erstausgabe
Copyright © 2022 rulSuspense Verlag
CH-5400 Baden
Alle Rechte vorbehalten
Das Werk darf – auch teilweise – nur mit
Genehmigung der Autorin wiedergegeben werden.
Kontakt: conny@connyluescher.ch
Website: www.connyluescher.ch
ISBN: 978-3-9525662-1-3
Cover Design: RUDOLFBADEN

Lektorat: Regine Weisbrod

Inhalt

Du sollst nicht töten

Mit ihr fing alles an.

Damals spielte es noch keine Rolle, dass sie rote Haare hatte. Rot wie stumpfes Kupfer. Locken, die sich kräuselten, wenn sie feucht wurden. Und eine Haut, die so von Sommersprossen übersät war, dass man es kaum sehen konnte, wenn sie errötete. Vor Wut oder Scham.

Oder vor Erregung, so wie an dem Nachmittag, als sie uns entdeckt hatte. Erwischt.

Wir lagen ineinander verschlungen an unserem geheimen Platz am See. Der Schnitt, den ich mir im hohen Schilf am Arm zugezogen hatte, brannte noch ein wenig. Aber das Blut war schon fortgeleckt von der zarten, kleinen Zunge, die ich so sehr liebte.

Die herabhängenden Zweige der Trauerweide bewegten sich sanft im leichten Wind und strichen wie liebkosende Finger über unsere Körper. Die Enten hatten aufgehört zu schnattern, als wollten sie uns nicht stören. Das Gras fühlte sich an wie ein kühles Leintuch und wir uns sicher und geborgen. Als wären wir allein auf der Welt. Im Paradies.

Die blauen Flecken auf unserer Haut verschmolzen mit den Schatten, die der Baum auf unsere Körper malte. Sie schienen im Sonnenlicht zu tanzen, wenn die Brise durch die Blätter fuhr.

„Ich werde dich immer lieben und beschützen", sagte ich.

Die Antwort war ein zarter Kuss.

„Immer. Solange ich lebe."

Wir waren so müde. Erschöpft. Aber wir durften nicht einschlafen. Bald war es Zeit zu gehen. Zeit, das Paradies zu verlassen und zurückzukehren in die Hölle.

„Was macht ihr da! Ihr seid ja nackig!"

Ein entsetztes Kreischen, und das wundervolle Gefühl von etwas Glück und Frieden wurde regelrecht zermalmt.

Wir schreckten hoch, mein Herz hämmerte in meiner Brust, und torkelnd kamen wir auf die Beine. Nackt wie Neugeborene.

Biggi stand mit weit aufgerissenen Augen vor uns und starrte uns mit offenem Mund an.

Wir standen da, als hätte uns ihr Blick wie der von Medusa versteinern lassen. Unfähig, uns zu rühren.

„Ihr habt euch angefasst! Geküsst!" In ihrer Stimme schwangen Ekel und eine freudige Häme.

„Nein, haben wir nicht!" Endlich konnte ich mich wieder bewegen und machte einen Schritt auf sie zu.

Auf Biggi. Die Petze. Die wie ein kleines Schweinchen überall herumschnüffelte. Wie ein Radio auf zwei Beinen durchs Dorf rannte und redete. Plapperte ohne Unterbruch. Und am liebsten über Dinge, die niemanden etwas angingen. Wie lange hatte sie uns schon beobachtet?

„Doch, habt ihr! Ich habe es genau gesehen." Sie schüttelte sich wie ein nasser Hund.

Es würde sich wie ein Lauffeuer ausbreiten, und Vater würde mich totschlagen. Oder ersäufen wie den Wurf junger Kätzchen vor drei Wochen. Auch ich würde zappeln und zu kratzen versuchen. Vergeblich.

Denn wir hatten gesündigt.

Wir waren damals noch Kinder, aber das durfte ich nicht zulassen. Biggi würde niemals den Mund halten. Deshalb musste ich es tun.

Sie hielt sich theatralisch die Hand vor die Augen, als ich mich ihr näherte. Und so konnte sie nicht sehen, wie ich leicht in die Knie ging und den großen Stein packte, der mir, im Gras liegend, zuzuwinken schien wie eine helfende Hand.

„Bäh!", rief sie angewidert. „Zieh dir etwas an! Ich will keine nackigen Leute sehen, das ist hässlich."

Sie war zwölf. Ein Jahr jünger als ich, und sie würde nicht eine Minute älter werden.

Ich holte aus, und der Stein krachte auf ihren Schädel. Ihre Hände fielen zur Seite, und sie sah mich an. Erstaunt, ungläubig. Blut floss aus der Wunde über ihrer Stirn. Röter als ihre Sommersprossen nahm es seinen Weg über ihre Augen und Wangen.

„Was ...", sagte sie und sank wie in Zeitlupe auf die Knie. Als wollte sie beten.

Noch einmal holte ich aus. Und noch einmal.

Dann lag sie da auf dem Bauch, und ich betrachtete sie. Gefasst darauf, dass jetzt etwas passieren würde. Dass Gottes Zorn wie ein Schwert auf mich niedersausen würde. Oder mein Gewissen mich beißen wie ein tollwütiger Hund.

Nichts geschah. Ich stand einfach da und fühlte nichts. Kein Bedauern, keine Reue. Sie war nicht mehr am Leben, und das war gut so.

„Ist sie tot?" Die Stimme klang wie die eines Babys. Hoch und dünn.

„Ja."

„Was ... was sollen wir denn jetzt tun? Komm schnell, wir laufen weg. Zieh dich an!"

Ich schüttelte den Kopf. „Nein, wir können sie hier nicht liegen lassen. Erstens ist das unser Platz. Und zweitens: Vielleicht hat ja jemand beobachtet, dass wir manchmal hierhergehen. Dann wird man uns Fragen stellen."

Entsetztes Luftschnappen.

„Lass mich überlegen." Ich wunderte mich selbst darüber, wie ich so ruhig bleiben konnte.

Ich warf den Stein in hohem Bogen in das Wasser und sah mich um. Die Sonnenstrahlen funkelten auf der Oberfläche des Sees wie winzige Blitze. Der Frühling war schon fast vorbei und das Wasser noch klar. Aber schon bald würden in der Hitze die Algen wuchern, die in manchen Jahren eine richtige Plage waren und den See grün verfärbten. Ob daher das kleine Dorf seinen Namen hatte? Grünauen? Oder lag es an den Wäldern und Wiesen, die sich schier endlos auszubreiten schienen und in dieser Jahreszeit geradezu leuchteten? Ich habe es nie herausgefunden.

Mein Blick fiel auf den Felsen, der fünfzig Meter entfernt aus dem Wasser ragte. In den Sommermonaten wurde dort eine große Holzplanke angekettet, damit man sich beim Schwimmen ausruhen konnte. Noch war sie nicht da.

„Hilf mir, sie auszuziehen", sagte ich.

„Was? Nein … bitte. Ich … ich kann das nicht. Ich kann sie nicht anfassen."

„Schon gut, ich mach das. Nimm du ihre Kleider und die Schuhe und leg sie irgendwo am Ufer hin. Doch geh ein Stück weg von hier. So, dass es aussieht, als wäre sie da ins Wasser gegangen."

Keine weiteren Fragen, nur ein erleichterter Seufzer darüber, dass ich mich kümmern würde.

Und das tat ich.

Rückwärtsgehend schleifte ich sie zum Wasser. Sie war schwer. Wie konnte ein Mädchen in dem Alter so schwer sein? Sie hatte uns hässlich genannt, aber das waren wir nicht. SIE war hässlich anzusehen nur mit der Unterhose bekleidet und den beiden Knubbeln auf der Brust, die später mal zu einem Busen geworden wären.

Das Wasser war so kalt, dass mir für einen Moment die Luft wegblieb und mir augenblicklich die Zähne klapperten. Ich packte Biggi an den Haaren, die sich im Wasser anfühlten wie glitschiges Gras, und auf dem Rücken schwimmend zog ich sie hinaus in den See.

Bald spürte ich die Kälte kaum noch vor Anstrengung. Ich war die Strecke bis zum Felsen schon lange nicht mehr geschwommen. Und plötzlich überkam mich eine rasende Angst, dass ich es nicht schaffen könnte. Dann würde ich ertrinken. Auch ohne das Zutun von Vater.

Endlich, endlich erreichte ich den Felsen, und mit letzter Kraft zerrte ich Biggi hoch. Meine Muskeln zitterten vor Anstrengung, und meine Lunge schrie nach Luft. Dann lag sie da, so dass ihre Kopfwunde genau auf eine scharfe Kante traf. Ob sie da so bleiben würde oder abrutschen und in der Tiefe versinken? Im See treiben wie ein toter Fisch?

Ich konnte es nicht wissen, und es war mir auch gleichgültig. Ich musste zurück. Noch einmal die ganze Strecke, obwohl ich am Ende meiner Kräfte war.

Als ich auf allen vieren ans Ufer kroch, war ich zu Tode erschöpft. Es wäre mir vollkommen egal gewesen, wenn Gottes Zorn mich auf der Stelle vernichtet hätte. Aber wieder geschah nichts. Die Vögel zwitscherten unbekümmert, und jetzt quakten auch wieder die Enten um die Wette.

Am ganzen Körper zitternd zog ich mich an. Riss mit beiden Händen das Gras aus, das von Biggis Blut besudelt war. Unser Bett unter der Trauerweide war rein geblieben. Es war immer noch unser Platz.

Das ist so viele, viele Jahre her. Biggi ist nur noch eine verblasste Erinnerung. Doch was an diesem Tag geschehen ist, hat etwas Schreckliches ausgelöst. Denn nach ihr kamen andere.

Ich wünschte, ich könnte es aufhalten.

Timmy und der Seelenfresser

Das war einer von ihnen!

Da war er sich sicher. Der Zauberschüler umklammerte seinen magischen Stab und spähte in die Dunkelheit. Das war ein Seelenfresser, ein Dementor der sich in den Garten der alten Frau Kern schlich. Kaum wahrzunehmen in seiner schwarzen Kleidung und mit der Kapuze über dem Kopf.

Soll ich Alarm schlagen?, überlegte Timmy Ehrmann alias Harry Potter.

Keine gute Idee. Denn dann würde er erklären müssen, wieso er sich nachts um halb eins hier herumtrieb, anstatt in seinem Bett zu liegen und zu schlafen, wie es sich für einen Elfjährigen gehörte. Auch wenn es nur noch drei Tage bis zu den Sommerferien waren. Denn dann war alles erlaubt. Na ja, fast alles.

Timmy seufzte tief und betrachtete nervös seinen Zauberstab. Er hatte ihn selbst aus dem Ast eines Haselstrauchs geschnitzt – und sich dabei fast den halben Daumen abgesäbelt. Aber was hätte er denn tun sollen? Als Zauberschüler war so ein Stab unverzichtbar. Die runde Brille hatte er von der alten Frau Kern geschenkt bekommen. Das Ding hatte bei ihr schon seit mindestens hundert Jahren in einer Schublade vor sich hin gestaubt. Frau Kern hatte die fast vollkommen trüb gewordenen Gläser aus dem Gestell gefummelt und es ihm auf die Nase gesetzt.

„Du meine Güte!", hatte sie begeistert ausgerufen und in die Hände geklatscht. „Vor mir steht Harry Potter, wie er leibt und lebt!"

Frau Kern war echt eine coole Socke, obwohl sie schon steinalt war. Als Timmy mit seiner Mutter vor ein paar Wochen aus der Stadt hierhergezogen war, hatten sie sich schnell angefreundet. Frau Kern hatte immer ein offenes Ohr für ihn, stellte keine dummen Fragen, und vor allem hatte sie alle Zeit der Welt.

Etwas, das seine Mutter nun nicht mehr hatte. Sie wollte schon lange raus aufs Land, und als sie die Anzeige in der Zeitung entdeckt hatte, fackelte sie nicht lange. Sie bewarb sich, unterschrieb einen Vertrag, packte ihre Siebensachen und verschleppte ihn in das verschlafene Kaff. Typisch für sie.

Der marode Campingplatz an dem kleinen See sollte aus dem Dornröschenschlaf erwachen. Neue Gäste sollten angelockt und auch bewirtet werden. Jetzt war sie da die Chefin oder, besser gesagt, das Mädchen für alles. Nun schuftete seine Mom beinah Tag und Nacht, um alles herzurichten. Strich sogar die Wände des Häuschens, in dem sich eine kleine Küche und die Vorräte befanden. Manchmal übernachtete sie auch dort auf einer Matratze, und Timmy musste alleine in ihrer winzigen Wohnung über dem Dorfgasthaus schlafen.

Und da lag das Problem. Timmy hatte Mühe mit dem Einschlafen. Schon seit er ein Baby war, machte er deswegen seine Mutter fast wahnsinnig. Hatte sie jedenfalls gesagt. Aber er war einfach nie müde. Und wie konnte man schlafen, wenn es doch noch so viel zu überdenken gab? Zu tun?

Vor drei Jahren hatten sich seine Eltern scheiden lassen, und seinem Vater, den er alle paar Wochen mal am Wochenende besuchte, war es egal, wenn er die halbe Nacht herumgeisterte.

Aber seiner Mom nicht. Deshalb kroch Timmy folgsam jeden Abend zeitig ins Bett und wälzte sich. Stundenlang. Manchmal las er heimlich unter der Bettdecke. Und manchmal, wenn sie nicht da war so wie heute, zog er sich wieder an und stromerte durch die Gegend.

Jetzt gerade wünschte er sich, er wäre zu Hause geblieben. Er kauerte immer noch unschlüssig hinter einem Busch, doch den Dementor konnte er nicht mehr sehen. Nur hören, denn das waren eindeutig Schritte auf der anderen Straßenseite bei Frau Kern. Er hatte ein mulmiges Gefühl. Obwohl er ständig das Gegenteil behauptete, wusste er, dass ihm sein Zauberstab nichts nützen würde, falls der Seelenfresser ihn entdeckte. So ein Umhang, mit dem man unsichtbar wurde, wäre jetzt nicht schlecht. Aber den gab es ja auch nur in den Büchern und Filmen.

Ganz in der Nähe schrie ein Käuzchen, und Timmy zuckte zusammen. Das wurde ja immer gruseliger. Nervös sah er sich um.

Frau Kern wohnte etwas außerhalb des Dorfes. Ihr Haus war das letzte von drei Häuschen an der Straße, an deren Ende der See und der Campingplatz lagen. Hier leuchtete nur noch eine einzige trübe Lampe. Das Haus davor bewohnte ein Ehepaar, das nicht ganz so alt war wie sie. Die Frau war krank, ihr Mann pflegte sie und schob sie manchmal in einem Rollstuhl durch die Gegend. Und im dritten Häuschen wohnte Frau

Kerns beste Freundin auch ganz allein, seit ihr Mann verstorben war.

Von den Nachbarn wäre wohl keiner eine große Hilfe. Und bis zum Campingplatz waren es gut fünfhundert Meter.

Licht flammte hinter Frau Kerns Fenstern auf, und Timmy hielt die Luft an. Gleich würde sie schreien.

Aber nichts geschah, alles blieb ruhig. Also war es doch kein Dementor, sondern bloß ein verspäteter Besuch. Timmy seufzte erleichtert. Er krabbelte hinter dem Busch hervor und machte sich auf den Heimweg. Plötzlich fühlte er sich doch ein wenig müde und freute sich auf sein Bett.

Er konnte ja nicht ahnen, dass seine neue Freundin die Nacht nicht überleben würde.

Frau Kern

„Du?"

„Ja, ich. Aber Sie sind doch nicht wirklich überrascht, stimmt's?"

Sie sieht mich an, als wäre ich ein Gespenst. Und sie hat Angst vor mir. Dazu hat sie auch allen Grund, die alte Schnüffeltante. Ich habe sie noch nie gemocht. Wie sie mich immer angesehen hat, wie habe ich ihren Blick gehasst.

„Was soll diese Scharade?"

„Scharade? So nennen Sie das? Ich würde das anders nennen!"

Ich muss mich zusammennehmen, die hilflose Wut unterdrücken, die wieder in mir hochkocht und mich verzweifeln lässt. Irgendwann werde ich einen Weg finden, das zu beenden. Bald. Schmerzlos. Noch kann ich es nicht. Denn ich weiß, dann werde auch ich sterben. Ein Leben danach kann ich mir nicht vorstellen. Aber jetzt gibt es andere Probleme.

„Was willst du?"

Ja, was will ich wohl? Eigentlich sollte sie das wissen, denn dumm ist sie nicht. Leider, sonst wäre ich nicht hier.

Ich sehe sie an und habe fast Mitleid mit ihr. Schrecklich, was die Jahre mit einem anstellen. Es kommt mir vor, als sei sie geschrumpft seit damals. Ihre Haut ist dünn und von braunen Flecken übersät. Die mageren Beine, die unter dem Nachthemd hervorlugen, sehen wie zwei knorrige Stecken aus. Ihre wilde Haarpracht, die früher kaum zu bändigen war, ist ausgedünnt und schlohweiß, man kann ihre Kopfhaut sehen. Jämmerlich.

„Wie alt sind Sie denn jetzt eigentlich?", frage ich, ohne eine Antwort zu erwarten.

„Dreiundachtzig." Ihre dünnen Lippen beben, und sie fährt mit der Zungenspitze darüber.

Ich kann sehen, wie es in ihrem Kopf arbeitet. Sie steht zwei Stufen über mir auf dem Treppenabsatz. Ihr Blick fliegt hin und her. Sie weiß nicht, was sie tun soll. Zurück in ihr Schlafzimmer laufen und sich einschließen? Versuchen, an mir vorbei die Treppe hinunterzukommen, und durch die Haustür flüchten? Sie ahnt, dass sie weder das eine noch das andere schaffen kann. Ich bin schneller. Also schreien? Ich muss mir ein Grinsen verkneifen. Hier draußen, um diese Zeit, gibt es außer Fuchs und Marder niemanden, der das hören würde.

Plötzlich verändert sich der Ausdruck in ihrem Gesicht.

„Du wirst nicht damit durchkommen!" Ihre Stimme vibriert vor Zorn und Verachtung.

Sie hat jetzt wirklich begriffen was gleich geschehen wird. Ein letztes Aufbäumen, und ich gönne es ihr. Denn es ist ja nicht so, dass ich kein Herz habe. Ich tue lediglich, was nötig ist.

„Doch, natürlich werde ich damit durchkommen", erkläre ich ihr geduldig. „Ich bin immer damit durchgekommen."

Sie versucht nicht einmal, sich zu wehren, als ich mich auf sie stürze.

Die Beerdigung

Timmy stand vor dem Spiegel und musterte den ihm völlig fremd vorkommenden Jungen, der ihn mit geröteten Augen ansah. Er trug seine besten Jeans und ein weißes Hemd, das ihm seine Mom extra für die Beerdigung gekauft hatte. Und zum ersten Mal in seinem kurzen Leben trug er eine Krawatte. Wie eine schwarze Zunge lag sie auf seiner Brust. Timmy hatte Mühe zu schlucken und wusste nicht, ob Mom die Krawatte vielleicht doch zu eng gebunden hatte oder ob es an dem Kloß in seinem Hals lag, der sich seit Frau Kerns Tod dort eingenistet hatte.

Die Nachricht hatte sich wie ein Lauffeuer verbreitet und ihn wie ein glühender Speer auf dem Schulhof getroffen, gerade als er in der Pause die Wurst aus seinem Brötchen pulte.

Es war Bombe, der eigentlich Toni hieß, der herumrannte wie von einer Wespe gestochen und die schlimme Nachricht herumposaunte. Bombe war der Sohn des Bürgermeisters, dem in der Stadt ein Autohaus gehörte und der stinkreich war. Deshalb hatte Bombe schon mit zwölf Jahren das neuste und teuerste Handy. Irgendwer hatte ihm die Nachricht geschickt, dass man Frau Kern tot unten an der Treppe liegend gefunden hatte.

Timmy fiel das Brötchen aus der Hand.

Tot? Einfach so? Zwei Tage vor den Sommerferien! Und sie hatten doch schon Pläne geschmiedet, was sie gemeinsam unternehmen wollten!

Er konnte nichts dagegen tun, dicke Tränen kullerten ihm über die Wangen, und er wünschte sich, er hätte ein Taschentuch dabei. Hatte er aber nicht, also fuhr er sich mit dem Arm über die Augen.

„Heulst du?" Bombe musterte ihn erstaunt mit runden Augen.

„Nein", schniefte Timmy. „Ich heule nicht. Hab was ihm Auge."

Es war ihm schrecklich peinlich. Die Kinder hier in der Schule waren zusammen aufgewachsen. Und er war der Neue aus der Stadt. Misstrauisch beäugt und bereits als kleiner Spinner abgetan. Er hatte noch keine richtigen Freunde gefunden, weil er lieber für sich allein war und seine Nase in Bücher steckte. Im Grunde genommen war Frau Kern bis jetzt seine einzige Freundin gewesen. Und nun war sie tot!

Timmy kam ein schrecklicher Gedanke. Vielleicht hatte er sich gestern Nacht doch nicht getäuscht. Vielleicht war es doch ein Seelenfresser gewesen, der sich Frau Kern geholt hat!

Wäre ich doch nachschauen gegangen!

Jetzt konnte er nicht mehr anders und begann haltlos zu schluchzen.

Bombe starrte ihn entgeistert an. „Na, na, schon gut", sagte er und klopfte ihm verunsichert auf die Schulter. „Die war doch schon alt, da kann man schon mal sterben."

Ein paar Kinder beobachteten sie und kamen näher.

„Frau Kern war echt eine ganz nette Frau", sagte Steffi mitfühlend und hielt ihm ein Taschentuch hin. Steffi ging in seine Klasse. Sie war sehr, sehr hübsch, und Timmy war ganz fasziniert von ihrem dicken Pferdeschwanz, der in der Turnstunde fröhlich hin und her schwang. Noch peinlicher konnte es gar nicht werden.

„Danke", nuschelte er, nahm das Taschentuch und trötete hinein.

Das war vor vier Tagen gewesen. Und seither steckte dieser Kloß in seinem Hals. Der jetzt immer dicker zu werden schien. Timmy war noch nie auf einer Beerdigung gewesen, und er fürchtete sich davor. Er wollte auf keinen Fall vor den ganzen Dorfbewohnern losheulen.

Eva hatte ihren Sohn schon eine ganze Weile beobachtet. Wie er da vor dem Spiegel stand, ihr kleiner Junge, konnte sie sich mit einem Mal vorstellen, wie er in ein paar Jahren aussehen würde. Ein attraktiver junger Mann. Vielleicht würden seine hellbraunen Locken bis dann etwas nachdunkeln, und sein Blick wäre ziemlich sicher nicht mehr ganz so verträumt. Das Leben hatte ihm schon jetzt ein paar bittere Lektionen erteilt, und es würden noch mehr kommen.

Aber er wird es schon packen, mein tapferer kleiner Zauberschüler!

Sie legte ihm eine Hand auf die Schulter. „Bist du bereit?", fragte sie und sah ihn aufmunternd an.

„Ja, Mom."

„Dann komm."

An der Tür drehte er sich um und rannte zurück in sein Zimmer. „Hab's gleich!"

Als er zurückkam, hielt er seine Harry-Potter-Brille in den Händen.

„Willst du die tatsächlich aufsetzen?", fragte Eva, die wusste, dass man Timmy wegen dieser Brille ohne Gläser schon aufgezogen hatte.

„Ja, das will ich. Zu Ehren von Frau Kern."

Er kam ihr plötzlich so erwachsen vor, und sie überspielte ihre Rührung mit einem lauten Schmatzer auf seine Wange.

Fast alle Bewohner des Dorfes hatten sich versammelt, und es herrschte ein regelrechtes Gedränge auf dem Friedhof neben der kleinen Kirche. Im Inneren hätten gar nicht alle Platz gefunden.

Alle zwei Wochen kam ein Pfarrer aus der Stadt, um einen Gottesdienst abzuhalten oder um ein Brautpaar zu trauen, Nachwuchs zu taufen oder für eine Beerdigung. So wie heute.

Die Sonne brannte unbarmherzig auf die Köpfe der Gäste nieder, und schon jetzt wurden Krawatten gelockert und Knöpfe geöffnet. Es würde ein heißer Sommer werden. Und der neu eröffnete Campingplatz ziemlich sicher ein Erfolg.

Eva schämte sich ein wenig, weil sie ausgerechnet jetzt an so etwas dachte.

Auf einer Beerdigung!

Aber sie hatte so geschuftet und nun tatsächlich ein kleines Paradies geschaffen. Lästig waren lediglich die drei Typen, die sich vor Jahren dort eingenistet und sich geweigert hatten, auch nur einen Millimeter von ihren angestammten Plätzen abzurücken. Selbst der Bürgermeister hatte es nicht geschafft, sie zur Räson zu bringen. Sie musste einfach das Beste daraus machen.

„Entschuldigung, dürfen wir mal durch?"

Eva und Timmy drehten sich um. Hinter ihnen stand der Nachbar von Frau Kern und lächelte sie müde an. Mit beiden Händen umklammerte er die Griffe des Rollstuhls, in dem seine Frau saß. Angegurtet, damit sie nicht herausfallen konnte. Ihre Hände lagen auf dem Schoß, sie hatte den Kopf gesenkt, und ihre braunen Haare hingen ihr übers Gesicht, so dass man nicht sehen konnte, ob sie überhaupt wach war.

„Aber sicher doch, Herr Gabach", sagte Eva und zog Timmy mit sich zur Seite.

„Danke, sehr freundlich", murmelte er und bahnte sich den Weg bis an den Rand des Kreises, den die Trauergäste um das offene Grab bildeten.

„Arme Frau." Eva seufzte. „Und wie schwer und traurig muss sein Leben sein." Sie blickte auf ihren Sohn, der den beiden mit gerunzelter Stirn hinterherstarrte.

„Sie hatte einen Hirnschlag, deshalb kann sie nicht mehr gehen und auch kaum noch reden", versuchte sie ihm zu erklären. „Seither pflegt er sie. Was für ein aufopferungsvoller Mann. Das ist wahre Liebe."

Für einen Moment blitzte der Gedanke in ihr auf, wer wohl sie pflegen würde, sollte sie jemals in so eine prekäre Situation geraten. Niemand, herrje, da gab es niemanden. Hastig schob sie den Gedanken beiseite. Die Glocke des Kirchleins begann scheppernd zu läuten.

„Komm jetzt, Timmy."

Er war froh, dass sie nicht ganz vorne stehen wollte, er wollte weder das offene Grab sehen noch wie der Sarg darin verschwand. Bestimmt würde er sonst heute Nacht davon träumen.

Er stand eingequetscht wie eine kleine Sardine zwischen den Erwachsenen. Vor sich hatte er die breite Hüfte des Bürgermeisters, seine Anzugjacke spannte sich über dem Rücken, als er wie alle anderen in ein Lied einstimmte. Für Timmy klang es wie das Brummen eines Lastwagenmotors im Leerlauf. Neben ihm stand sein Sohn Bombe, und der sang dermaßen falsch, dass Timmy fast losgekichert hätte.

Er schielte durch die Lücken zwischen den Umstehenden. Fast alle kannte er inzwischen vom Sehen, mit den Namen haperte es noch. Und da stand Steffi. Sie entdeckte ihn und winkte ihm heimlich zu.

Timmys Herz machte einen kleinen Sprung. Heute trug sie ausnahmsweise ein Kleidchen – und sah darin noch hübscher aus.

„Liebe Trauer…", hob der Pfarrer an und wurde von lautem Husten unterbrochen.

Das war Frau Gabach. Anscheinend war sie wach geworden. Hustend und nach Atem ringend sah sie sich verwirrt um.

„Hnnn gnna uuh", rief sie laut, und Timmy wurde wieder ganz anders.

Sie tat ihm leid, aber gleichzeitig fürchtete er sich vor ihr. An manchen Tagen hing sie leblos wie eine Puppe in ihrem Rollstuhl draußen vor ihrem Haus im Garten. Und Timmy huschte jedes Mal schnell am

Zaun vorbei. An ihren besseren Tagen wurde sie von ihrem Mann herumkutschiert.

Dann reckte sie den Hals, sah sich um und brabbelte unverständliche Worte.

Am schlimmsten war es gewesen, als er ihr im Dorfladen begegnet war. Ihr Mann hatte wohl noch etwas geholt und sie bei der Kasse stehen lassen. Timmy hatte versucht, sich an dem Rollstuhl vorbeizuzwängen. Und da hatte sie den Kopf gehoben und ihn angesehen.

Ihre Augen hatten so vor Wut gefunkelt, dass Timmy das Herz in die Hose rutschte. Sie riss den Mund auf und begann zu schreien.

„Öseee, ösee unge!" Immer wieder dieselben Laute.

Dabei schaukelte sie so heftig mit dem Oberkörper vor und zurück, dass der Rollstuhl zu wackeln begann.

Timmy konnte sich nicht rühren vor Schreck.

„Was ist denn los, beruhige dich, Charlotte!" Herr Gabach schob Timmy zur Seite und legte seiner Frau eine Tafel Schokolade in den Schoß. „Da schau, deine Lieblingssorte."

Frau Gabach sah Timmy triumphierend in die Augen, packte die Schokolade, riss das Papier auf und biss ein großes Stück ab.

„Entschuldige, mein Junge", hatte Herr Gabach gesagt und sich zu Timmy gewandt. „Das war nicht böse gemeint, glaub mir. Du hast sicher nichts falsch gemacht. Manchmal hat sie einfach einen schlechten Tag, und dann rastet sie aus, verstehst du das?"

Timmy hatte genickt und verstört beobachtet, wie Frau Gabach die halbe Tafel verschlang und einen Hustenanfall bekam.

Jetzt hustete sie wieder, obwohl sie nichts gegessen hatte. Der Pfarrer wartete geduldig, bis es wieder still wurde, und fuhr dann mit seiner Predigt fort.

Timmy hörte nicht zu. Denn jetzt hatte er Frau Kerns Enkelin entdeckt. Sie war vor zwei Tagen aus der Stadt gekommen, um sich um alles zu kümmern.

Nele, so hieß sie. Und sie leuchtete wie eine bunte Blume auf einem schwarzen Feld.

Timmy war sofort von ihr fasziniert gewesen. Ihre langen Haare strahlten in einem hellen Rot, und das sah toll aus, auch mit dem schwarzen Ansatz auf ihrem Scheitel. Sie trug verrückte bunte Kleider und Schuhe mit so hohen Absätzen, dass Timmy sich wunderte, dass sie überhaupt damit laufen konnte.

Jetzt stand sie neben dem Pfarrer, und die Tränen auf ihrer Wange glänzten im Sonnenlicht. Sie hatte ihre Oma sehr geliebt. Doch es gab sicher niemanden, der Frau Kern nicht gemocht hatte. Nun füllten sich auch seine Augen wieder mit Wasser, und Timmy nestelte hastig in seiner Hosentasche nach dem Taschentuch.

„Der Herr möge sich ihrer Seele erbarmen", rief der Pfarrer und um ihn herum murmelten die Leute.

Der Herr erbarme sich

Der Herr erbarme sich deiner und bla, bla. Ja, zum Teufel, du alte Schnüffeltante, das wird er schon. Keine Sorge. Also falls es ihn überhaupt gibt. Ich habe ja so meine Zweifel.

Sollte es tatsächlich einen Gott geben, so sind wir ihm völlig gleichgültig. Oder er ist ein Sadist, der anderen Sadisten grinsend bei ihren Vergnügungen zuschaut.

Es geschieht im Namen des Herrn, wie Vater stets beteuert hat. Ich könnte heute noch kotzen. Jeder Schlag, der Essensentzug, die Stunden auf Knien im Namen Gottes. Während Mutter gebetet hat, dass der Heilige Geist über uns kommen möge und wir würden wie sie.

So fromm, dass die Statue der Muttergottes lächeln würde. Weinen hätte sie müssen! So wie ich. Aber sie ist stumm geblieben. So wie ich.

Wie alle im Dorf.

Getuschelt haben sie über uns, aber niemals nachgefragt. Wieso ich zum Beispiel auch in der größten Hitze angezogen war, als wäre es Winter. Ich bin mir sicher, alle haben gewusst, was ich verbergen musste.

Die Male des Herrn. Meines Herrn.

Wie lange soll das hier noch dauern, bis du endlich in deinem Grab liegst? Mir ist schrecklich heiß, ich will nach Hause.

Wenigstens hast du ein Grab. Also ein richtiges. So wie Biggi. Wo haben sie die eigentlich verscharrt? Ich muss mich später, wenn alle weg sind, mal danach umsehen. Bestimmt pflegen ihre Eltern das Grab noch immer. Schön für die kleine Biggi.

Natalie hat nicht so ein Glück. Man hat sie noch immer nicht gefunden, deshalb gibt es kein Grab, auf das man Blumen pflanzen könnte. Sie liegt immer noch in diesem Loch. Was wohl noch von ihr übrig ist?

Viel wahrscheinlich nicht. Wenn ich an all die Käfer, Würmer und das ganze Krabbelzeug denke. Scheußlich. Aber Natalie war selbst schuld.

Sie war eine richtige Schlampe. Fünfzehn Jahre alt und hat sich angezogen wie eine Hure. Die Shorts so kurz abgeschnitten, dass ihre Pobacken hervorgequollen sind. Durch ihre Blusen konnte man hindurchsehen, und wenn sie mal ein Shirt getragen hat, dann natürlich ohne BH. Und dann ihre Blicke aus den schwarz umrandeten Augen. Lüstern, gierig, das Schicksal herausfordernd. In ihrer Nähe habe ich die Fäuste geballt, bis ich einen Krampf in den Händen hatte, sonst hätte ich mich auf sie gestürzt.

Dann ist sie einen Schritt zu weit gegangen. Plötzlich stand sie da. Mit rot gefärbten Haaren und hat mich angelacht. Oh nein, sie hat mich ausgelacht! Sich über mich lustig gemacht!

„Wie findest du es?", hat sie mich gefragt und ihre Haare geschüttelt. Mit beiden Händen aufgeplustert, als wäre sie ein Fotomodell.

Rote Haare. Ich fand, es war ein Zeichen. Ein Zeichen, dass ich jetzt etwas tun musste, bevor es schlimmer wurde.

„Schön", sagte ich und wand mich vor Verlegenheit. „Ich finde es sehr schön. Rot ist eine außergewöhnliche Farbe. Ich ... "

Oh, hört, hört! Jetzt hält deine Enkelin eine kleine Rede. Ganz verheult ist sie.

Trotzdem ist sie wunderschön! Eine Göttin. Und alle glotzen sie an. Vor allem die Männer gaffen, ganz nervös und mit einem dämlichen Ausdruck im Gesicht. Hoffentlich reist sie morgen oder spätestens übermorgen wieder ab. Ich werde unruhig. Obwohl sie keine echte Rothaarige ist. Aber das war Natalie ja auch nicht.

Gott, ist dieses Mädchen schön!

Vater, erbarme dich.

Timmy drängelte sich nach vorne. Er wollte kein Wort verpassen von dem, was Nele erzählte. Über all die Dinge, die sie mit ihrer Großmutter erlebt hatte. Es war schön und traurig zugleich. Timmy konnte Frau Kern regelrecht vor sich sehen, wie sie stets den Kopf geneigt und aufmerksam zugehört hatte, selbst bei den unglaublichsten Geschichten.

Als Nele schwieg und einen Schritt zurücktrat, damit man den Sarg ins Grab legen konnte, wollte Timmy die Flucht ergreifen. Aber er kam nicht mehr durch die Reihen, und so musste er doch noch mitansehen, wie Frau Kern für immer in der Tiefe verschwand.

„Du bist Timmy, nicht wahr?"

Er zuckte zusammen, er war so auf den Sarg fixiert gewesen, er hatte gar nicht bemerkt, dass Nele sich ihm genähert hatte.

Sie ging in die Knie und lächelte ihn an. „Auch bekannt als Harry Potter. Ich habe dich an der Brille erkannt."

„Die hat mit Ihre Oma geschenkt", sagte Timmy und ruckelte am Gestell.

„Ja, ich weiß, sie hat es mir erzählt. Sie hat mir viel am Telefon von dir erzählt, sie hat dich wirklich sehr gemocht."

„Ich sie auch", erwiderte Timmy betrübt.

Der Pfarrer räusperte sich, er wollte fortfahren, und Nele erhob sich.

„Komm morgen bei mir vorbei, ich habe was für dich von meiner Oma. Etwas, das dir bestimmt gefallen wird", flüsterte sie ihm zu.

Was das wohl sein könnte? Timmy rätselte die halbe Nacht. Ein neuer Zauberstab? Ein Buch? Vielleicht hatte sie ihm sogar noch einen Umhang genäht, mit dem man unsichtbar werden konnte? Oder wenigstens fast. Frau Kern war jedenfalls, was Überraschungen betraf, unschlagbar gewesen.

Als Timmy am nächsten Morgen erwachte, war seine Mutter schon fort. Sie musste in aller Herrgottsfrühe los zur Arbeit, denn jetzt waren Sommerferien, und der Campingplatz füllte sich so langsam.

Sommerferien! Das bedeutete, dass er nun endlos lange Wochen tun und lassen konnte, was er wollte. Timmy schaufelte sich gedankenverloren seine Frühstücksflocken in den Mund. Als Erstes würde er bei Frau Kerns Enkelin vorbeigehen und sich das

Geschenk holen. Was immer das war. Und danach würde er zum Campingplatz am See laufen und entweder lesen oder schwimmen. Er war ein guter Schwimmer, und damit konnte er punkten – bei Bombe, Freddy und all den anderen Jungs, aber vor allem bei Steffi. Sie war eine richtige Wasserratte, und die Aussicht, dass er sie nun jeden Tag am See treffen würde, hob seine Stimmung beträchtlich. Vielleicht war es doch nicht so öde in diesem Kaff.

„Sag Nele zu mir und du!", sagte sie zu ihm, als er vor ihr stand.

Sie trug ein luftiges Kleid und war barfuß. Auf den rot lackierten Zehennägel funkelten kleine Steinchen. So etwas hatte er noch nie gesehen. Timmy folgte ihr ins Haus.

Es fühlte sich seltsam an. Alles war noch genauso wie vorher. Frau Kern hatte Unmengen von Zeugs gehabt, und die ganzen Figürchen, Fotos und der Nippes waren immer noch da. Ihr Sessel, in dem sie immer saß, während sie sich unterhalten hatten, war um keinen Zentimeter verschoben.

„Ich weiß gar nicht, wohin mit all den Sachen", seufzte Nele. „Ich lebe in der Stadt und habe nicht vor, hierher zurückzukommen. Was soll ich denn auch hier ... Ich möchte das Haus baldmöglichst verkaufen, also muss ich alles räumen. Du meine Güte! Das wird dauern!"

Timmy fand das sehr schade. Er hätte es schön gefunden, wenn Nele hier eingezogen wäre.

„Magst du einen Saft?"

Timmy nickte und folgte ihr in die Küche.

„Ich kann immer noch nicht glauben, dass es sie nicht mehr gibt", sagte Nele und sah sich traurig um. „Sie war immer für mich da, meine Eltern hatten auch früher kaum Zeit, und jetzt sind sie nach Thailand ausgewandert. Aber Oma! Mit ihr konnte ich über alles reden, sie war lustig, und sie hatte manchmal echt verrückte Ideen."

Timmy nickte, ihm musste man das nicht erklären.

„Und ich verstehe einfach nicht, wie das passieren konnte. Sie war zwar schon alt, aber körperlich fit wie ein Turnschuh und völlig klar bei Verstand. Und in diesem Haus hat sie ihr ganzes Leben verbracht, blind hätte sie sich zurechtgefunden! Und doch ist sie die Treppe hinuntergestürzt. Vielleicht war sie doch krank und hat mir nichts davon gesagt."

Timmys Lippen bebten. Sollte er es ihr sagen? Wahrscheinlich würde sie den Kopf schütteln und ihn auslachen. Egal. Er hatte es noch niemandem erzählt, und er fand, dass Nele es wissen sollte.

„Vielleicht … vielleicht könnte es aber auch so was wie ein Seelenfresser gewesen sein, der sie sich geholt hat." So, nun hatte er es gesagt.

Nele sah ihn verdutzt an.

„Ich hab einen, ich meine, jemanden in dieser Nacht gesehen", beeilte sich Timmy zu erklären. „Also vorher, bevor man sie gefunden hat."

„Heißt das, du hast jemanden bei meiner Oma gesehen? Wen und wann war denn das?"

Nele hatte ihn nicht gleich ausgelacht, und das war schon mal was. Timmy nahm einen Schluck Orangensaft und räusperte sich.

„Also da war es schon nach Mitternacht, ich hab wieder mal nicht einschlafen können, und Mom hat auf dem Campingplatz übernachtet, und da hab ich einen Spaziergang gemacht. Und als ich am Haus vorbeigekommen bin, hab ich jemanden gesehen. Ganz schwarz angezogen – und ohne Gesicht. Ich wollte sie eigentlich warnen, aber ich habe mich nicht getraut. Und dann ist plötzlich das Licht angegangen, und ich habe gedacht, dass es doch kein Seelenfresser ist, sondern nur Besuch."

„Mitten in der Nacht? Wer sollte denn das gewesen sein?"

„Ja, ich habe mich auch gewundert, aber dann bin ich nach Hause gegangen, und am anderen Morgen war sie tot." Der Orangensaft schmeckte plötzlich schrecklich bitter. „Wenn ich zu ihr gegangen wäre, dann ... dann wäre sie vielleicht ..."

Nele rüttelte ihn an der Schulter. „So darfst du nicht denken, hörst du? Dich trifft ganz sicher keine Schuld. Aber ich werde mich etwas umhören. Vielleicht hat noch jemand etwas gesehen oder gehört. Bestimmt bist du nicht der Einzige, der nachts unterwegs ist."

„Dann bleibst du noch hier?"

„Nur noch zwei Tage, dann muss ich wieder zurück. Ich habe erst vor einem Monat an meinem neuen Arbeitsplatz angefangen. Es ist meine Traumstelle, und da kann ich es mir nicht leisten, noch länger freizunehmen. Aber bis hier alles geregelt ist, werde ich wohl jedes Wochenende aufkreuzen."

Immerhin, dachte Timmy erfreut.

„Komm, ich zeige dir jetzt dein Geschenk."

Timmy folgte ihr gespannt durch die hintere Tür in den Garten. Und da stand es, angelehnt an die Hauswand.

Ein rotes Fahrrad.

Timmy klappte der Mund auf. Im Dorf hatten alle Kinder ein Fahrrad, sausten damit durch die Gegend, während er ihnen hinterher zottelte. Er hatte sich schon überlegt, seine Mom zu fragen, ob er nicht auch eines haben könne.

„Und, gefällt es dir?", fragte Nele. „Oma hat am Telefon gemeint, weil sie dir ja keinen fliegenden Besen besorgen kann, wäre das doch eine gute Lösung."

Timmy nickte und nahm das Fahrrad überwältigt näher in Augenschein. Es war gebraucht, das konnte man sehen. Aber auf dem Lenker klebte ein Sticker. Harry Potter auf seinem Besen in voller Fahrt.

„Cool. Und das ist wirklich für mich?"

„Aber ja doch!" Nele lachte. „Und jetzt ab mit dir. Du willst doch bei dieser Hitze sicher rüber zum See?"

„Ja, meine Mom ist dort und ein paar meiner Freunde." Es fühlte sich etwas ungewohnt an, das Wort Freunde zu benutzen.

„Dann los, schwing dich auf deinen Drahtesel und ab die Post!"

Tja, da lag das Problem. Timmy konnte nicht Radfahren. In der Stadt hätte ihm seine Mutter das nie und nimmer erlaubt. Viel zu gefährlich für so einen kleinen Jungen angesichts des Verkehrs. Er selbst hatte das auch nie vermisst. Er hatte den Bus oder die Straßenbahn benutzt, wo er sitzen und bis zur letzten Station noch etwas lesen konnte.

„Kann ich es hier stehen lassen? Ich hole es dann auf dem Rückweg heute Abend."

„Aber warum denn? Es ist fahrtüchtig und frisch geputzt."

Das war jetzt wirklich peinlich. Er wollte auf keinen Fall zugeben, dass er wahrscheinlich noch aus dem Stand heraus damit umkippen würde. Beim ersten Versuch wollte er daher unbedingt allein sein, niemand sollte dabei zusehen, wenn er damit losfuhr. Er würde das schon lernen, so schwer konnte das ja nicht sein.

„Äh, also … es hat noch kein Schloss, und ich möchte nicht, dass es gestohlen wird. Am See sind ja jetzt viele fremde Leute."

„Ja, vielleicht besser so. Komm vorbei und hol es dir, auch wenn ich nicht zu Hause bin." Nele sah auf ihre Armbanduhr. „Himmel, jetzt muss ich mich wirklich um ein paar Dinge kümmern, auch wenn ich noch gar nicht weiß, wo ich überhaupt anfangen soll. Mach's gut, Harry Potter! "

Am Seeufer sah es aus wie auf einem Wimmelbild. Ein buntes Durcheinander. Badehosen, Bikinis und Tücher in allen erdenklichen Farben. Luftmatratzen und Gummitiere schaukelten auf dem Wasser. Die Luft war erfüllt von Gesprächsfetzen und dem Gekreische der Kinder. Es roch nach Sonnencreme und nach Würstchen.

Aber es gab einen gut sichtbaren Grenzverlauf. Auf der einen Seite die Bewohner des Campingplatzes und etwas weiter weg, in der kleinen, von Bäumen gesäumten Bucht, die Dorfkinder.

„Da bist du ja endlich!", rief Eva, als sie ihren Sohn entdeckte.

Sie stand schwitzend vor der Hütte und bereitete den Grill vor. Die Leute reckten schon neugierig die Hälse.

„Hallo Timmy!", rief Herr Braun. Er keuchte unter der Last von zwei Bierkästen. Nachschub für den Kühlschrank.

Ralf Braun wohnte schon seit Jahren ganz am Ende des Platzes in einem alten, rostigen Wohnwagen, der wohl in seine Einzelteile zerfallen würde, sollte man den Versuch machen, ihn von der Stelle zu bewegen. Eva war anfangs gar nicht erfreut über diese Altlast gewesen, aber dann hatte sich der Mann als nett und vor allem als sehr hilfsbereit entpuppt.

Ohne viele Worte packte er überall mit an, und ohne seine Unterstützung könnte Eva das nun gar nicht alles alleine stemmen. Sie hatte sich vorgenommen, den Bürgermeister zu fragen, ob man ihm nicht wenigstens einen kleinen Lohn für seine Mitarbeit bezahlen könnte. Mit dem bisschen Essen und Getränke, die sie ihm spendierte, war es wirklich nicht getan.

„Möchtest du einen Hotdog? Oder ein Eis?", fragte Eva. „Du kannst auch deine neuen Freunde dazu einladen."

„Ja, super, Mom! Ich hol sie!"

Begeistert stürmte Timmy los. Noch etwas, womit er punkten konnte. Es machte ganz den Anschein, als würde das heute ein Spitzentag werden.

Merkwürdige Leute

„Ich habe angerufen, sie sind schon in Italien und wollen nicht mehr umkehren. Wir sollen das Ding behalten."

Eva blinzelte Herrn Braun verständnislos an. Sie war todmüde. Es war schon spät, und sie saß noch an den Abrechnungen des heutigen Tages.

„Ich habe keine Ahnung, wovon Sie reden", seufzte sie.

„Na, von dem Kinderzelt, das diese Großfamilie hier vergessen hat. Die mit dem Luxuswohnmobil. Sie haben doch gesagt, ich soll anrufen."

„Ach ja die, natürlich, danke."

Eva hatte inzwischen festgestellt, dass oft etwas liegen blieb. Alle möglichen und unmöglichen Dinge. Manchmal wurden sie auch mit Absicht zurückgelassen. Doch wenn es etwas Wertvolles war so wie das nagelneue kleine Zelt und sie die Nummer der Gäste hatte, versuchte sie nachzufragen. Es sollte schließlich alles korrekt ablaufen.

„Ich wüsste schon, was wir damit machen könnten", sagte Herr Braun und grinste.

„Ach ja? Und was?"

„Ich könnte es für Timmy aufbauen, dann könnte er auch hier draußen übernachten und müsste nicht alleine im Dorf schlafen. Bestimmt würde ihm das gefallen."

Dieser Mann ist wirklich Gold wert, dachte Eva und strahlte ihn an. „Das ist eine großartige Idee, bitte tun Sie das! Aber bauen Sie das Zelt möglichst nahe bei mir neben der Hütte auf, so habe ich ihn wenigstens ein klein wenig unter Kontrolle." Sie dachte an Timmys nächtliche Wanderungen.

„Wird erledigt, Chefin", sagte Herr Braun und machte sich davon.

Kurze Zeit später hörte sie einen Hammer auf Eisen klopfen.

Timmys neues Zuhause.

Es war kurz nach Mittag, als Nele nach Hause schlenderte. Im Dorfladen hatte sie sich noch eine Kleinigkeit für ihr letztes Abendessen hier besorgt – und die Gelegenheit genutzt, sich ein wenig umzuhören. Ob jemandem in letzter Zeit etwas an ihrer Großmutter aufgefallen war. Ob sie vielleicht kränklich gewirkt hatte und von wem sie mitten in der Nacht Besuch bekommen haben könnte.

Niemandem war etwas aufgefallen. Alle erzählten, dass ihre Oma gesund und fröhlich gewirkt hätte und dass es für niemanden einen Anlass gegeben hätte, zu solch später Stunde bei ihr vorbeizuschauen.

Also war vielleicht doch alles mit rechten Dingen zugegangen, einfach nur ein schrecklicher Unfall. Denn mal ehrlich. Wer hätte ihrer Großmutter etwas antun sollen, und vor allem, weshalb? Völliger Unsinn. Das diffuse Gefühl, dass etwas seltsam war an ihrem Tod, war wohl durch Timmys Erzählung getriggert worden. Aber bitte schön, der Junge war elf Jahre alt und hielt sich für Harry Potter!

Nele beschloss, das Geschehene zu akzeptieren und nach vorne zu schauen. Zu tun gab es jetzt ja genug.

Seufzend wich sie einem Schlagloch aus. Das Sträßchen, das zum Haus ihrer Oma führte und beim See endete, war übersät davon. Die Gemeinde zählte kaum mehr fünfhundert Einwohner und hatte kein Geld für eine Sanierung. Die tiefsten Löcher wurden notdürftig zugepflastert, es sah aus wie ein langer, schmaler Flickenteppich. Fast alle erwerbstätigen Bewohner arbeiteten in der dreißig Kilometer entfernten Stadt, selbst die Bauern hatten inzwischen bis auf zwei Höfe aufgegeben. Tagsüber wirkte das Dorf fast menschenleer und schien heute in der Hitze vor sich hinzudösen.

Nele schwitzte unter ihrem breitkrempigen gelben Sonnenhut, als sie das Gartentürchen aufschob.

Vielleicht könnte ich mir eine Abkühlung im See gönnen, überlegte sie, als sie Stimmen von nebenan hörte. Vor zwei Stunden hatte sie vergeblich geklingelt, aber nun schien jemand zu Hause zu sein.

Nele stellte ihre Tasche vor der Tür ab und ging über den verdorrten Rasen zu der Hecke, die die beiden Grundstücke voneinander trennte.

„Bitte, hör auf zu weinen, das muss sein, das weißt du doch. Es ist nur zu deinem Besten", hörte sie Herrn Gabach sagen. Seine Stimme klang unendlich traurig.

Nele zog die Hand zurück. Das war wohl nicht der richtige Augenblick, um die Zweige auseinanderzuschieben und einfach Hallo zu rufen.

„So, so ist es gut. Ja, trink das."

Anscheinend kümmerte er sich im Garten um seine kranke Frau. Der arme Mann. Doch vielleicht würde er sich ja sogar über etwas Ablenkung und ihren Besuch freuen.

Nele verließ den Garten, bog um die Ecke und stellte sich vor den Zaun der Gabachs. Die drei Häuschen waren vor Jahrzehnten zur selben Zeit erbaut worden und unterschieden sich kaum. Dass von den Fassaden teilweise schon der Putz bröckelte, konnte man bei ihrer Großmutter nicht sehen, denn das Häuschen war inzwischen fast völlig von wildem Wein überwachsen. Bei den Gabachs sah es aus, als schälte sich die Fassade wie Haut nach einem Sonnenbrand.

„Hallo! Darf ich kurz stören?", rief Nele winkend.

Herr Gabach fuhr herum, und seine Frau, die in ihrem Rollstuhl an einem Tisch unter einem Sonnenschirm saß, reckte den Hals. Ihr Gesicht war tränenüberströmt.

„Ja, sicher, natürlich", stotterte er und ließ eine kleine Schachtel in der Hosentasche verschwinden. „Kommen Sie, setzen Sie sich doch zu uns."

Nele nahm am Tisch Platz und fühlte sich augenblicklich unwohl. Herr Gabach war sichtlich nervös, wagte kaum, sie anzusehen. Ganz im Gegensatz zu seiner Frau, die sich vorbeugte und sie mit großen Augen regelrecht fixierte, als wäre Nele eine Außerirdische.

„Gna, hu?", sagte sie.

„Hallo", sagte Nele freundlich und wusste nicht mehr weiter.

Was zum Teufel mache ich hier eigentlich, dachte sie und ärgerte sich über sich selbst. Diese Leute haben genug mit sich selbst zu tun und keine Zeit, sich um andere zu kümmern.

„Hier, bitte, nehmen Sie doch ein Glas Limonade. Ich habe sie selbst gemacht. Zitrone, meine Frau liebt sie", sagte Herr Gabach und schenkte ihr ein, ohne eine Antwort abzuwarten.

„Vielen Dank", sagte Nele und nahm einen großen Schluck. „Oh, das schmeckt wirklich gut, genau das Richtige bei dieser Hitze."

Über den Rand des Glases hatte sie gesehen, wie er sie einen kurzen Moment anstarrte, aber sofort wieder die Augen niederschlug, als hätte er etwas Schlimmes getan. Es war irritierend. Nele hatte mit den beiden bisher kaum Kontakt gehabt, wenn sie ihre Großmutter besucht hatte - abgesehen von einem Gruß, wenn man sich auf der Straße begegnet war.

In seiner Haut möchte ich nicht stecken, überlegte sie. Es musste schrecklich sein, die eigene Frau in so einem Zustand zu sehen und dann auch noch Tag und Nacht zu pflegen.

Die Unterhaltung zog sich wie Kaugummi, und alles, was Nele in Erfahrung bringen konnte, war, dass die Gabachs sehr zurückgezogen lebten und kaum Kontakt mit anderen Leuten hatten, nicht mal zu ihren beiden Nachbarinnen.

„Noch mal unser herzliches Beileid zu Ihrem Verlust", murmelte Herr Gabach, als sich Nele verabschiedete. „Ihre Großmutter war eine sehr nette Frau."

„Danke", sagte Nele und rappelte sich auf. Genug der Plauderei und Höflichkeiten. Ihr Kleid klebte ihr inzwischen am Leib, und sie wollte nichts wie weg.

Timmy eierte auf seinem Fahrrad auf dem Sträßchen Richtung See entlang, als er Nele bei den Gabachs im Garten entdeckte.

Er hätte ihr gerne zugewinkt, aber er konnte den Lenker nicht loslassen, sonst wäre er bestimmt wieder gestürzt. Die Wunden an seinen Schienbeinen hatten noch nicht mal einen richtigen Schorf gebildet, den man wegknibbeln konnte. Er hatte sie sich gestern bei seinem ersten Versuch zu gezogen.

Zuerst war er noch erstaunt darüber gewesen, wie leicht es zu sein schien. Er hatte sich auf das Fahrrad gesetzt, ein Bein auf dem Boden, angeschoben und ziemlich schnell die Balance gefunden und war langsam losgefahren.

Tja, und dann schien dieses Ding so lebendig zu werden wie Harry Potters Besen. Der Lenker in seinen Händen wackelte hin und her, das Fahrrad steuerte ohne sein Zutun auf das nächste Schlagloch zu, und schon landete er unsanft auf dem Boden.

Seine Schienbeine brannten wie Feuer, Tränen schossen ihm in die Augen, aber aufgeben kam nicht in Frage. Er kroch unter dem Fahrrad hervor, richtete es auf und startete den nächsten Versuch. Noch zwei Mal stürzte er. Aber dann war es plötzlich wie von selbst gegangen, und nun konnte er es ziemlich gut.

Nur durfte er auf keinen Fall den Lenker loslassen. Er musste die Schlaglöcher im Auge behalten, und außerdem rutschte der schwere Rucksack auf seinem Rücken bedrohlich zur Seite.

„Ich ziehe um! An den See!", brüllte er, und schon war er an Nele und den Gabachs vorbei.

„Herr Braun, könnten Sie bitte nach der Steckdose der Gefriertruhe schauen? Ich glaube, sie hat einen Wackelkontakt", sagte Eva und versuchte, ruhig zu bleiben.

Im Moment war ihr alles zu viel. Die Hitze, die Gäste, die kreischenden Kinder und der Lärm der unterschiedlichen Musikrichtungen, der von allen Seiten aus irgendwelchen Boxen dröhnte.

„Herr Braun?" Irritiert hob sie den Kopf.

Er stand neben ihr in dem winzigen Kiosk und starrte irgendetwas an. Hingerissen und mit einem seltsamen Ausdruck im Gesicht.

Eva folgte seinem Blick. Nele kam über den Platz geschlendert, ein Badetuch unter den Arm geklemmt. Alle starrten sie an, und Eva wunderte das nicht. Das war wohl das schönste Mädchen weit und breit. Trotzdem. Sie fand, es gehörte sich nicht, dass der alte Mann so ungeniert glotzte. Er musste doch schon siebzig sein, kein Haar mehr auf dem Kopf, die braune Haut von Altersflecken übersät, da würde er doch hoffentlich nicht davon träumen, die junge Frau in seinen maroden Wohnwagen zu bitten.

Männer, du liebe Zeit!

„Hallo? Erde an Raumstation?" Sie stupste ihn in den Arm.

„Was? Äh, ja, natürlich, der Wackelkontakt", stammelte Herr Braun und machte sich davon.

Das Blut rauschte in seinen Adern.
Diese Haut! Diese Haare!

Rothaarige Frauen hatten ihn schon immer fasziniert. Sie hatten so etwas Besonderes an sich.

Etwas Geheimnisvolles.

Unwiderstehlich Verlockendes.

Timmy sah sich zufrieden um. Er hatte sein neues Zuhause perfekt eingerichtet. Alles Nötige war da. Eine Matte und darauf ein Kissen und ein Schlafsack, eine Taschenlampe, ein paar Kleidungsstücke – und ganz wichtig – die beiden Bücher der Harry-Potter-Reihe, die er noch nicht gelesen hatte. Diese Ferien würden der Wahnsinn werden.

Er kroch rückwärts aus dem kleinen Zelt, denn umdrehen konnte man sich kaum.

Da spürte er ein Bein an seinem Hintern und hörte einen erschrockenen Aufschrei.

Beinahe wäre Nele über ihn gestolpert.

„Jetzt schau sich das einer an", rief sie überrascht. „Machst du jetzt Camping?"

Timmy richtete sich auf und strahlte. „Ja, ist das nicht der Hammer? Das ist jetzt mein Zelt. Und ich darf hier draußen übernachten!"

„Oh, das ist wirklich ..."

„Ist das deiner?", wurde sie unterbrochen.

Zwei Männer mittleren Alters waren aufgetaucht und musterten Nele breit grinsend. Sie trugen Shorts, die knapp unter dem Bauchnabel hingen, ihre tätowierten Arme hatten sie um eine Ladung Bierdosen geschlungen. Sie standen ziemlich unsicher auf den Beinen.

„Nein", sagte Nele und machte einen Schritt zur Seite.

„Möchtest du einen?", fragte der ältere der beiden anzüglich. „Ich mache dir einen, wenn du willst, darin bin ich gut." Er wackelte obszön mit dem Becken.

„Ich helfe gerne mit", gackerte sein Freund.

„Ach schert euch doch zum Teufel", zischte Nele angewidert. Sie hätte die beiden am liebsten angespuckt.

Sie war es gewohnt, dass die Männer sie anglotzten, anbaggerten und manchmal sogar angrabschten.

„Selbst mit Glatze und unauffällig gekleidet wäre das nicht anders", hatte ihre Freundin Julia mal zu ihr gesagt. „Du bist nicht nur schön, du strahlst auch etwas aus, das dich unwiderstehlich macht."

„Ich habe ganz sicher nicht vor, mich wegen ein paar Vollidioten in Sack und Asche zu hüllen", hatte Nele geknurrt und sich ein dickes Fell zugelegt.

Aber die beiden waren das Allerletzte!

„Was bist du denn so zickig? Hast du etwa deine Tage?", sagte der Jüngere und entblößte eine Zahnlücke.

Timmy stellte sich breitbeinig vor Nele, stemmte die Hände in die Hüften und zog ein erbostes Gesicht.

„Haut ab, sonst rufe ich meine Mom!", brüllte er.

Die beiden Kerle starrten verdutzt auf ihn herab, dann prusteten sie los.

„Ist das etwa dein Bodyguard? Mann, da kriegt man ja Angst!" Sie wieherten vor Lachen. „Mach dich vom Acker, du Zwerg! Misch dich nicht in Angelegenheiten, die du sowieso nicht kapierst."

Timmy wollte gerade etwas sehr Unziemliches sagen, als wie aus dem Nichts Herr Braun neben ihnen auftauchte.

„Darf ich die Herren bitten, mir zu folgen?", presste er zwischen zusammengebissenen Zähnen hervor.

Der Wackelkontakt konnte warten, er hatte Nele keine Sekunde aus den Augen gelassen, und sofort gesehen, was hier vor sich ging. Die beiden versoffenen Brüder waren ihm schon lange ein Dorn im Auge. Primitiv wie Einzeller, machten sie nichts als Ärger und ließen überall ihren Müll liegen.

Es folgte eine schnippische Antwort. „Das passt gerade nicht, und warum sollten wir?"

„Ich habe festgestellt, dass noch ein beträchtlicher Betrag an Gebühren aussteht, und wenn die Herren weiterhin die Annehmlichkeiten an diesem schönen Ort genießen wollen, ist jetzt der richtige Augenblick, um das in Ordnung zu bringen."

„Sag doch gleich, dass wir dir noch was schuldig sind." Maulend schlurften sie ihm nach.

„Vollidioten", knurrte Timmy wütend und brachte Nele damit zum Lachen.

„Ja, das sind sie."

„Gehst du jetzt schwimmen? Ich komme mit!"

Nele zögerte. Ihr war die Lust vergangen. Lange würde es bestimmt nicht dauern, bis die beiden wiederauftauchten und ihr ins Wasser folgen würden.

„Nein, ich habe es mir anders überlegt, ich gehe wohl besser nach Hause. Also, Timmy, dann schlaf heute Nacht gut in deinem neuen …"

„He, Rotlöckchen!" Einer der Männer hatte sich noch umgedreht. „Vielleicht kommen wir dich besuchen, stell doch schon mal eine Flasche kalt!"

„Vollidiot!", brüllte Nele, drehte sich um und ging.

Hoffentlich finden die nicht heraus, wo ich wohne, dachte sie verärgert.

Die Welt war voll von seltsamen Leuten. Idioten. Und manche waren ein widerliches Ärgernis.

Nächtlicher Besuch

Sie ist immer noch da. Nele, die Schöne. Die Begehrenswerte. Und schnüffelt herum wie ihre Großmutter. Stellt überall Fragen.

Sehr ungesund.

Es kann eigentlich niemand etwas wissen. Es war ein bedauerlicher Unfall. Hat auch der Onkel Doktor gesagt. Und was da irgendwer anscheinend über einen nächtlichen Besucher erzählt hat, nimmt niemand ernst. Doch ich muss etwas unternehmen.

Denn sie treibt mich in den Wahnsinn! Mit ihren Blicken, mit der Art, wie sie sich bewegt. Mit ihren roten Haaren, die alles Böse regelrecht anziehen.

Es geht mir nicht gut. Es fällt mir schwer, mich zu konzentrieren. Mein Hirn fühlt sich an wie eine leere Schuhschachtel kurz vor dem Verrotten, und vor meinen Augen liegt ein Nebel, als wäre es November.

Ich fühle mich elend.

Muss einen klaren Verstand bekommen, denn eigentlich weiß ich längst, was zu tun ist, um wieder Ruhe zu finden.

Ich werde es tun.

Nele packte ihr Köfferchen. Morgen wollte sie in aller Herrgottsfrühe abreisen und sich dann direkt hinter ihren Schreibtisch klemmen. Ihr neuer Chef hatte schon zweimal angerufen, und sie würde Tag und Nacht schuften, wenn es sein musste, um die liegen gebliebene Arbeit zu erledigen. Nele war außer sich vor Freude gewesen, als sie den Job in der Firma für Werbung und Marketing tatsächlich bekommen hatte.

Wenn ihre Großmutter nicht so plötzlich verstorben wäre, dann wäre sie jetzt der glücklichste Mensch auf Erden.

Nele sah sich seufzend im Schlafzimmer um. Das könnte Wochen, wenn nicht Monate dauern, bis alles sortiert und ausgeräumt war.

Ich könnte eine Firma beauftragen, die die ganzen Sachen mitnimmt und entsorgt, dachte sie zum wiederholten Mal. Aber das kam nicht in Frage, das war herzlos.

Vielleicht hilft mir Julia, dachte sie und kroch ins Bett. Vielleicht sollte ich ihr noch schnell eine SMS schicken? Sie sah auf die Uhr. Es war schon viel zu spät, und sie würde Julia ziemlich sicher aus dem Schlaf schrecken. Besser nicht.

Julia Bach war seit Jahren ihre beste Freundin und fast auf den Tag genau so alt. Vor drei Monaten hatten sie beide ihren dreißigsten Geburtstag mit einem Weekend in Paris gefeiert. Ohne Männer. Denn nach ein paar gescheiterten Beziehungen hatten sie beschlossen, dieses Thema erst mal auf Eis zu legen. Und sie hatten den inzwischen fast unbezahlbaren Mieten in der Stadt ein Schnippchen geschlagen, und sich gemeinsam eine Wohnung genommen. In einem schönen Altbau.

Das funktionierte wunderbar, und so entspannt wie an den gemeinsamen Sofaabenden hatte sich Nele noch selten gefühlt.

Julia war besonders froh über diese Lösung gewesen, denn sie hatte ihre gesamten Ersparnisse gebraucht, um sich selbstständig zu machen. Ihr eigener Friseursalon lag winzig und versteckt in einer Gasse. Noch lief er nicht besonders gut, auch wenn Nele dafür kräftig die Werbetrommel rührte.

Lass den Kopf nicht hängen, hatte Nele ihre Freundin getröstet. In ein paar Wochen rennen dir die Leute die Bude ein, es braucht einfach etwas Zeit, bis sich dein Talent herumgesprochen hat.

Schlaf gut, Julia, bis morgen, dachte Nele, und dann dämmerte sie weg.

Schläfst du? Bald wirst du für immer schlafen. Keine Macht mehr haben. Dein Lächeln wird erlöschen, deine Blicke niemanden mehr in Versuchung führen. Mein Leben wird wieder in Ordnung kommen, wenn du nicht mehr bist.

Oh, verflucht! Was zum Teufel war das? Ein Schirmständer, oder was soll das sein? Die alte Kuh hat das ganze Haus mit Gerümpel vollgestellt, man kann sich kaum bewegen.

Hast du das etwa gehört?

Nele schreckte hoch und sah sich verwirrt um. Der Schein der Straßenlaterne malte krumme Schatten an die Wände des Schlafzimmers ihrer Großmutter.

Etwas hatte sie geweckt. Nele setzte sich auf und lauschte.

Da, ein lautes Knarren!

War das unten an der Treppe?

Habe ich überhaupt abgeschlossen? Nele wusste es nicht mehr und kam sich ziemlich dumm vor.

Was jetzt? Runtergehen und nachschauen? Oder sich die Decke über den Kopf ziehen? Wer könnte hier mitten in der Nacht herumschleichen?

Die Typen vom Campingplatz? Aber denen hat bestimmt niemand auf die Nase gebunden, wo sie wohnte.

Einer von Timmys Seelenfressern?

Jetzt aber Schluss, schalt sich Nele und schüttelte den Kopf. Was für ein Unsinn! Ich lass mich doch nicht verrückt machen.

Energisch schwang sie die Beine aus dem Bett und zog sich eine Bluse über. Was auch immer da unten los war, nur mit Unterhose bekleidet, wollte sie damit nicht konfrontiert werden.

Ohne Licht zu machen, schlich sie aus dem Schlafzimmer in den Flur und sah nach unten.

Nichts. Da gab es nichts zu sehen, und es herrschte völlige Stille. Abgesehen vom Ticken der kitschigen Wanduhr im Wohnzimmer. Ein reichverziertes Monstrum, das wohl eine Stange Geld gekostet hatte.

„Hallo? Ist da wer?", rief Nele und betätigte den Lichtschalter.

Dummes Huhn, als ob ein Einbrecher antworten würde, sie schüttelte innerlich den Kopf.

Ja, hallo, ich bin das. Ich schau mich nur ein wenig um. Lassen Sie sich nicht von mir stören. Blödsinn!

Nele huschte die Stufen hinab.

Natürlich war niemand da, sie hatte wohl geträumt. Aber vorsichtshalber rüttelte sie noch an der Tür.

Na bitte, abgeschlossen. Wie spät ist es eigentlich?

Das Monstrum im Wohnzimmer begann zu rattern, und Nele zuckte zusammen. Eins.

Himmel! In vier Stunden muss ich aufstehen.

Sie löschte das Licht und eilte zurück ins Bett.

Ich konnte dich riechen, als du an mir vorbeigegangen bist. Kaum habe ich gewagt zu atmen. Der Duft deiner Haut. Oder war das Parfüm? Diese leichte Note nach Orangen.

Sehr verführerisch.

Und wie du wieder ausgesehen hast, nur mit Slip bekleidet und der Bluse, die du nicht einmal richtig zugeknöpft hast. Ich konnte deinen Busen sehen, als du dich umgedreht hast. Die roten Haare, die ihn halb verdeckt haben und sich bei jedem Schritt sanft bewegten, als wären sie lebendig. Damit machst du alle Männer verrückt. ALLE!

Das muss jetzt aufhören!

Also, leg dich ins Bett, ich warte hier, bis du wieder schläfst.

Timmy konnte nicht einschlafen.

Das letzte Kapitel, das er im Schein der Taschenlampe gelesen hatte, war wirklich aufregend gewesen. Und er war so gespannt, wie es weitergehen würde. Er hatte das Buch nur widerwillig zugeklappt, als seine Mom es ihm befohlen hatte. Sie war ja ganz in der Nähe, und durch den Stoff des Zelts konnte sie das Licht sehen. Leider war es viel zu heiß, um unter der Decke heimlich zu lesen. Timmy schloss die Augen und versuchte zu schlafen.

Völlig unmöglich. Das war ja auch seine erste Nacht in seinem eigenen Zelt.

Wie cool war das denn?

Er hätte nie davon zu träumen gewagt. Heute Nachmittag hätte er sich noch gar nicht vorstellen können, wie still es auf dem Campingplatz sein konnte. Aber jetzt war nur noch ein leises Murmeln zu hören. Es kam von den Urlaubern, die hinten bei den Bäumen ihre Wohnwagen platziert hatten.

Und es war ziemlich finster. Genau genommen brannte nur noch die Lampe bei dem Container mit den Duschen und den Klos. Es war doch ein klein wenig un…

Timmy erschrak fast zu Tode, als er hörte, wie sich jemand am Reißverschluss des Zelts zu schaffen machte. Hastig griff er nach der Taschenlampe und knipste sie an.

„Hey, Alter, schläfst du schon?" Bombe streckte den breiten Schädel durch die Öffnung.

„Was machst du denn hier?", fragte Timmy verblüfft.

„Was wohl?", schnaubte Bombe und zwängte sich ins Innere. „Dich besuchen."

„Ach so." Timmy rückte so gut es ging zur Seite.

Das Zelt war wirklich nicht sehr geräumig, und Bombe kam ganz nach seinem Vater. Breit und massig gebaut, wurde er von den meisten viel älter als zwölf Jahre geschätzt. Die Wände des Zelts wackelten bedrohlich, als er sich umdrehte und der Länge nach hinfläzte.

„Klasse, dein Zelt", sagte er anerkennend und verschränkte die Arme hinter dem Kopf.

„Find ich auch", erwiderte Timmy stolz. Allerdings wusste er nicht so recht, was er von diesem nächtlichen Besuch halten sollte.

Will der etwa hier schlafen?, überlegte er beunruhigt. Er fühlte sich schon jetzt wie eine Sardine in einer Dose.

„Wird man dich zu Hause nicht suchen?"

„Ach was." Bombe schüttelte den Kopf. „Mein Alter sitzt immer noch im Wirtshaus, und meine Mutter liegt schon lange im Bett …, und wenn die mal schläft!"

Ein paar Minuten lagen sie still vor sich hin schwitzend nebeneinander und starrten an die Decke.

„Meine Mutter will, dass wir nächste Woche wieder nach Italien fahren", erzählte Bombe und seufzte tief. „Aber mein Vater will nicht. Er sagt, er kann nicht, weil das Geschäft schlecht läuft. Und ich will auf keinen Fall mit ihr alleine fahren. Sie liegt den ganzen Tag nur am Strand im Liegestuhl. Mann! Und was soll dann ich da? Etwa Sandburgen bauen?"

Timmy nickte verständnisvoll. Völlig klar, dass Bombe für so was viel zu alt war.

„Ich bleibe hier. Die kann mich nicht zwingen. Ich will auch so ein Zelt, vielleicht ein größeres. Dann könnte nämlich Freddy bei mir übernachten, das wäre doch echt cool, findest du nicht? Wir könnten eine Gang gründen, eine Art Geheimclub, und wer mitmachen will, muss zuerst eine Aufnahmeprüfung machen!" Bombe war ganz begeistert von seinen Plänen.

„Super Idee!" Timmy war hin und weg.

Noch vor wenigen Tagen hatte er sich ausgeschlossen und etwas einsam gefühlt. Und nun würde er Mitglied in einem Geheimclub werden. Er mochte Freddy, der manchmal etwas zerstreut wirkte. Den Streber, wie Bombe seinen gleichaltrigen Freund manchmal neckte, und der ihm ziemlich oft bei den Hausaufgaben helfen musste. Freddys Mutter gehörte der Dorfladen, und solange seine Noten gut waren, durfte ihr Junge machen, was er wollte.

„Nehmen wir auch Mädchen?", fragte Timmy. Er dachte an Steffi.

„Klar doch, wenn sie wirklich cool sind", erwiderte Bombe großzügig. Dann schlug er sich auf die Backe. „Mist, Drecksmücke!"

„Willst du was von meinem Spray? Dann stechen sie dich nicht mehr."

„Nein, schon gut. Ich mach mich jetzt mal wieder vom Acker. Bis morgen, Alter."

Er krabbelte aus dem Zelt. Timmy löschte die Lampe und ließ sich glücklich auf das Kissen sinken.

Das werden die besten Ferien in meinem ganzen Leben!

Ticktack, ticktack. Diese Uhr treibt mich noch in den Wahnsinn. Aber es ist genug Zeit verstrichen.

Ich komme, meine Schöne.

Leise, leise. Ich hoffe, du hast keinen leichten Schlaf.

Da bist du ja. Wie unschuldig du aussiehst. Aber genau das ist ja das Teuflische. So kriegst du sie alle.

Soll ich dich wecken? Oder es sofort tun? Dann verlässt du diese Welt, ohne es zu merken.
Näher, ich muss näher an dich heran.

Nele schlug die Augen auf und sah sich verwirrt um. Sie hörte leise Atemzüge, und neben dem Bett nahm sie einen Schatten wahr, der keinen Sinn ergab. Was um alles in der Welt ...

Sie richtete sich auf, tastete verstört nach der Nachttischlampe und knipste sie an.

„Sie?" Nele war fassungslos. Konnte es nicht begreifen.

Ich träume, dachte sie entsetzt.

Da krachte der schwere Messingsockel einer Lampe auf ihre Stirn.

Es ist getan.
Aber hier kannst du nicht bleiben. Die Polizei würde anrücken, das ganze Dorf würde sich in ein Tollhaus verwandeln.
Ich brauche meine Ruhe. Du musst verschwinden, und ich weiß auch, wohin.
Los, raus aus dem Bett. Oh Gott, du bist schwer. Ich kann dich kaum heben. Bin gerade nicht so fit. Egal, irgendwie muss es gehen. Und du darfst keine Spuren hinterlassen. Warte, ich wickle dir die Bluse um den Kopf, gleich hört es auf zu bluten.

Wie kriege ich dich die Treppe hinunter, ohne dass ich dich tragen muss? Der Teppich unten im Flur! Ja so könnte es gehen, damit kann ich dich ziehen.

Das wäre geschafft. Oh Gott, ich muss mich ausruhen. Nein, ich darf keine Zeit verlieren! Selbst wenn ich die Abkürzung nehme, es ist weit. Viel zu weit, zu unwegsam, um dich hinter mir her zu zerren.

Habe ich einen Fehler gemacht? Ja, habe ich! Ich habe mich verdammt noch mal nicht gut vorbereitet. Aber ich konnte doch nicht ... Es ging mir so schlecht, dass ich gar nicht richtig denken konnte. Was jetzt?

Ruhig, ich muss nur ruhig bleiben. Ich werde mich umsehen. Die alte Schachtel hat so viele Dinge gehortet, jeder Trödelhändler würde jubilieren. Da muss es doch was geben, womit ich dich ...

Warte hier, ich komme gleich wieder. Ich schau mich nur um.

Hinter Neles geschlossenen Lidern zuckten grelle Blitze. Erfüllten ihren Schädel mit einem gleißenden Licht. Sie war unfähig, sich zu bewegen. Sie wusste nicht, wo sie war. Sie wusste nicht mehr, wer sie war.

Da war nur eine Stimme. Hohl und verzerrt. „Waaarte hiiier." Wie aus einer anderen Welt.

Und ein gewaltiger, alles verschlingender Schmerz.

Ich fasse es nicht!

Der Herr ist mit dir, hätte Vater gesagt. Da steht ein altes Leiterwägelchen, gefüllt mit Gerümpel, aber

es sieht stabil aus. Was für ein Glück, dass die alte
Schachtel so ein Hamster war. Damit wird es gehen.
Jetzt aber schnell.

Ein Schiff. Ich bin auf einem Schiff, dachte Nele.

Alles schwankte, ihr Körper wurde durchgerüttelt, es musste ein schwerer Sturm sein.

Nele konnte sich nicht erklären, weshalb sie auf einem Schiff war. Sie versuchte, die Augen zu öffnen. Es war nahezu unmöglich. An ihren Wimpern haftete eine klebrige Substanz. Sie fühlte sich hilflos, wie gelähmt durch die hämmernden Kopfschmerzen.

Als sie endlich etwas sehen konnte, wurde sie von einer schrecklichen Übelkeit erfasst.

Über ihr ragten die schwarzen Silhouetten von Baumkronen, die hin und her wogten und den Nachthimmel freigaben. Da waren Sterne und ein verwaschener Mond, der aussah, als hätte ihn ein kleines Kind gemalt.

Sie war nicht auf einem Schiff. Sie lag zusammengekrümmt in irgendeinem Wägelchen, das holpernd und schwankend gezogen wurde.

Wohin? Und weshalb?

„Baaaald siiiind wir daaa." Die Stimme hallte in ihrem Kopf. Sie kam von weit weg.

Unwirklich. Nur ein schlimmer Traum.

Nele verlor wieder das Bewusstsein.

Endlich! Keinen Meter weiter hätte ich noch gehen können. Damals ist es mir nicht so weit vorgekommen. Früher, da war ich ja auch noch jünger. Ich darf jetzt nicht an die Vergangenheit denken. Ich muss mich konzentrieren!

Das Handy! Ich muss mir noch dein Handy anschauen, vielleicht braucht es einen Fingerprint, um es zu entsperren? Nein, nicht einmal ein Passwort, sehr leichtfertig, meine Liebe. Mal schauen, hast du einen Freund? Bestimmt, Frauen wie du können doch nicht genug kriegen. Donnerwetter, kaum Männer, aber hier ... Immer die gleiche Nummer. Julia. So so, deine Freundin, nehme ich an. Mit der du deine schmutzigen Geheimnisse teilst. Deine letzte Nachricht heute: „Morgen komme ich zurück, ich freu mich schon auf einen gemütlichen Abend zu Hause!"

Mit Küsschen, Weinglas und Smiley.

Bla, bla, es hat sich ausgefreut. Du wirst nicht nach Hause gehen. Du gehst nirgends mehr hin.

Noch mal kurz überlegen, bevor ich dich zum letzten Mal sehe. Habe ich an alles gedacht? Dein Handy habe ich, im Haus werde ich aufräumen, mich noch mal genau umsehen, ob du nicht doch irgendwo etwas Blut hinterlassen hast ...

Gott, ich bin so müde, so erschöpft, ich kann nicht mehr. Wenn alles erledigt ist, werde ich wohl vierundzwanzig Stunden schlafen. Also dann, mit letzter Kraft. Zwei, drei, und jetzt hoch mit dem Deckel!

Hallo, Natalie! Bist du immer noch da unten? Ich kann dich gar nicht sehen.

Dumme Frage, natürlich bist du da unten, wo solltest du denn sonst sein. Gleich bekommst du Gesellschaft. Eine Sekunde noch!

Nele hatte das Gefühl, endlos zu fallen. Tiefer und tiefer, wie durch einen engen Kanal, und sich immer weiter aus der Wirklichkeit zu entfernen.

Sie schlug auf dem Boden auf, spürte einen grässlichen Schmerz, der in ihren Rücken fuhr, in ihren Hinterkopf. In alle Glieder, die irgendwie nicht mehr zu ihr gehörten. Reflexartig bewegte sie die Finger.

Ihre Nägel kratzten über rauen Stein.

„Wo warst du?"
Himmel, hast du mich jetzt erschreckt.
„Was ... was hast du getan?"
„Das, was getan werden musste. Und jetzt lass mich, ich kann nicht mehr!"
Und hör auf, mich so anzusehen!

Stimmen

„Auf Wiedersehen, Frau Berger, einen schönen Tag noch, und beehren Sie mich bald wieder!", sagte Julia und half der alten Dame über die Schwelle ihres Friseursalons.

„Mach ich bestimmt, ich sehe ja direkt zehn Jahre jünger aus." Frau Berger kicherte und wackelte auf ihren Gehstock gestützt davon.

Julia konnte sich über das Lob nicht richtig freuen. Nervös blickte sie zum bestimmt fünfzigsten Mal an diesem Morgen auf ihr Handy.

Nichts. Keine neue Nachricht.

Das Letzte, was sie vorgestern spätnachts von Nele gehört hatte, waren ein paar seltsame Zeilen gewesen, die überhaupt nicht nach ihr klangen.

„Du wirst mich sicher für verrückt halten, aber ich habe mich Hals über Kopf verliebt. Und bin mit meinem Traummann in den Urlaub gefahren. Wir wollen Zeit für uns, ich weiß nicht, wann ich zurückkomme. Vielleicht beginne ich irgendwo mit ihm ein neues Leben. Mach dir keine Sorgen! Nele. "

Am Schluss noch ein paar Herzchen und Sternchen.

Julia war wie vor den Kopf geschlagen gewesen. War sie übergeschnappt? Unter Drogen?

Sie hatte sofort versucht, Nele anzurufen. Aber ihre Nummer war nicht mehr erreichbar.

Auch jetzt nicht! Julias Sorge hatte sich allmählich in Panik gewandelt. Etwas stimmte hier ganz und gar nicht. Niemals wäre Nele einfach so abgehauen. Ohne ein weiteres Wort. Und ganz sicher nicht hätte sie selbst für den tollsten Typen der Welt einfach so ihren neuen Job hingeschmissen.

Julia hatte schon mehrmals überlegt, bei der Polizei anzurufen. Aber sie war keine Angehörige, und was würde man ihr da sagen? Dass Nele eine erwachsene Frau war und tun und lassen konnte, was sie wollte. Neles Eltern anrufen? Kam auch nicht in Frage, Julia wollte sie auf keinen Fall unnötig in Angst und Schrecken versetzen. Sie lebten seit einem Jahr in Thailand, weil sie dort mit ihrer schmalen Rente etwas besser leben konnten. Allerdings reichte es nicht, um mal schnell einen Flug zu buchen, damit sie an der Beerdigung teilnehmen konnten.

Ich fahr jetzt in dieses Kaff, irgendjemand muss doch etwas wissen, dachte Julia und fühlte sich gleich etwas besser.

In ihrem Kalender stand sowieso kein einziger Termin, viele waren in den Urlaub gefahren, die Stadt wirkte wie ausgestorben. Es war ziemlich unwahrscheinlich, dass sich in den nächsten Tagen Laufkundschaft vor ihrer Ladentür drängeln würde.

Ein Problem könnte es noch geben. Mit ihrem rostigen Käfer, der in der Tiefgarage vor sich hin staubte, war sie schon lange nicht mehr gefahren.

Hoffentlich springt die alte Kiste noch an!

Ein leises Wimmern. Nele kämpfte sich aus ihrer Bewusstlosigkeit wie aus einem Sumpf.

Wer ist das? Wo bin ich?

Es fiel ihr unendlich schwer, einen klaren Gedanken zu fassen. Hinter ihrer Stirn wüteten stechende Schmerzen, ihre Augen tränten, und jeder einzelne Knochen in ihrem Körper fühlte sich an, als hätte jemand in rasender Wut auf ihn eingeschlagen.

Wieder ein Wimmern, und jetzt erst wurde ihr bewusst, dass es aus ihrer ausgetrockneten Kehle drang.

Sie riss die Augen auf und zuckte zusammen, als sie erkannte, wo sie sich befand.

Sie lag auf dem Grund einer Grube. Im Sonnenlicht, das durch kleine Ritzen einer Abdeckung ein paar Meter über ihr drang, tanzten Staubkörner wie winzige Insekten.

Entsetzen und Verwirrung blockierten ihren Verstand.

Was ist passiert? Wie komme ich hierher?

Ein Bild schob sich vor ihre Augen. Ein blasser Mond, der am Himmel über ihr vorübergezogen war. Baumkronen, die sich zu ihr neigten und im Wind leise rauschten.

„Hallo!" Nele brachte nur ein Krächzen zustande und hatte das Gefühl, an diesem Wort zu ersticken.

Durst. Wasser. Ich brauche Wasser!

Stöhnend versuchte sie sich aufzurichten, kämpfte mit zusammengebissenen Zähnen gegen den Schmerz, der wie eine Feuerwalze über sie hinwegrollte. Schweratmend lehnte sie schließlich an einer Wand und blinzelte ins Dämmerlicht.

Was sie erkennen konnte, war ein Schock und stürzte sie in eine abgrundtiefe Verzweiflung.

Sie lag in einem alten Brunnenschacht.

Und weit über ihr, unerreichbar, der einzige Weg hinaus.

„Hilfe! So helft mir doch!"

Stille. Nur das Zwitschern von Vögeln, weit entfernt, in einem anderen Kosmos.

„Sie ist jetzt aber schon echt lange da unten", sagte Timmy. Beunruhigt trat er von einem Bein auf das andere.

„Die wird schon nicht ersaufen", brummelte Bombe und kratzte sich am Kopf.

„Bist du dir da sicher?" Freddy reckte den Hals und spähte über die Wasseroberfläche.

„Also wenn sie jetzt nicht endlich auftaucht, dann müsse wir nachschauen gehen!", rief Timmy.

Er konnte es fast nicht mehr aushalten. Steffi musste eine der Prüfungen bestehen, damit sie in ihren Geheimclub aufgenommen werden konnte.

Den Seepiraten.

Bombe hatte sich das ausgedacht – und leider auch den Blödsinn mit den Prüfungen. Bis jetzt bestand die Gang nur aus ihm, Timmy und Freddy. Und Timmy fand es ungerecht, dass Steffi bisher als Einzige irgendwelchen Mist machen musste, um Mitglied zu werden. Dass Steffi das coolste Mädchen im Dorf war, da gab es doch keinerlei Zweifel.

Aber Bombe hatte einen höllischen Spaß daran, sich irgendwelchen Quatsch auszudenken. Er war schließlich der Anführer der Gang. Und dass er sich durchsetzen konnte, hatte er tags zuvor wieder bewiesen. Sein Vater hatte ihm ein großes Zelt aus der Stadt mitgebracht und Bombes Mutter alleine nach Italien fahren lassen.

Herr Braun hatte ihnen beim Aufstellen geholfen, und nun hatte Timmy neue Nachbarn. Bombe und Freddy. Steffi durfte nicht auf dem Campingplatz übernachten, sie hatte wohl nicht einmal gewagt, ihren Vater zu fragen. Aber dass sie Mitglied in einer Gang wurde, brauchte sie ihm nicht auf die Nase zu binden.

Als Erstes sollte Steffi so lange im See tauchen, bis sie etwas Besonderes gefunden hatte. Eine Trophäe, die im Zelt des Anführers aufgehängt werden sollte. Steine, Flaschen, Kronkorken und ähnliches Zeug zählten nicht.

„Da! Da ist sie!", brüllte Freddy, und Timmy fiel ein Stein vom Herzen.

Steffi war endlich aufgetaucht, prustend und schnaufend. Ihre langen blonden Haare klebten ihr wie Seetang am Kopf, einen Arm streckte sie fuchtelnd aus dem Wasser.

„Ich habe was gefunden!", schrie sie und schwamm aufs Ufer zu.

Als sie vor ihnen stand, rang sie immer noch nach Atem, während das Wasser aus ihren Haaren und dem quietschgrünen Badeanzug tropfte.

„Hier", keuchte sie und streckte Bombe die Hand hin.

„Was ist das?", fragte Timmy.

Bombe hielt es in die Höhe. Es war ein Armkettchen, an dem verschiedene Glücksbringer baumelten.

„Ist das aus Silber?", fragte Freddy. „Viel kann man ja nicht mehr sehen."

„Höchstens versilbert, vielleicht sollte man es polieren", erwiderte Bombe. „Das ist Mädchenkram.

Kleeblatt, Herz, Würfel, Stern, und das ist ein Buchstabe. Ein R, so wie es aussieht."

„Nein, schau mal", sagte Steffi. „Das war mal ein B, der untere Teil ist abgebrochen. Bernadette, Bertha, Brigitte oder so."

„Ist doch egal", sagte Bombe, verschloss es in seiner Faust und klopfte Steffi mit einem jovialen Gesichtsausdruck auf die Schulter. Den hatte er sich bei seinem Vater abgeschaut. „Auf jeden Fall hast du die erste Prüfung schon mal bestanden, nicht schlecht für ein Mädchen. Mal schauen, wie du dich heute Nacht schlägst."

„Muss das sein?", maulte Timmy. „Ich meine, sie hat doch …"

„Hier wird nicht gemeckert, verstanden?" Bombe stemmte die Hände in die Hüften. In seiner Badehose sah er aus, wie ein geschrumpfter Riese.

„Ja, lass gut sein, Timmy", sagte Steffi und wrang sich die Haare aus. „Das schaffe ich doch mit links!"

Wenn du wüsstest, was der sich ausgedacht hat, dachte Timmy bekümmert. Er war heilfroh, dass er das nicht tun musste.

„Los kommt, Leute", rief Freddy. „Ich habe Kohldampf! Was meinst du, Kleiner, spendiert uns deine Mom eine Runde Würstchen?"

„Denke schon", erwiderte Timmy.

Also trotteten sie im Gänsemarsch über den Trampelpfad, der zu ihrer Bucht führte, Richtung Campingplatz.

„Ich denke, ich lege mal ein paar Würstchen nach", sagte Herr Braun und deutete mit Grillzange Richtung Wald. „Da kommt Timmy mit seinen Freunden."

Eva ging das Herz auf, als sie ihn sah. Er war der Kleinste und Jüngste unter ihnen, aber dass man ihren Sohn nun voll akzeptiert hatte, war deutlich erkennbar. Sie musste sich nun keine Sorgen mehr machen und auch kein schlechtes Gewissen mehr haben, weil sie kaum Zeit für ihn hatte. Nun war es sogar so, dass er nicht mehr dazu kam, sich mit seinen Büchern zu verkriechen. Es gab nun anscheinend echte Abenteuer zu bestehen.

„Mom, dürfen wir …"

„Aber klar doch, eine Runde Würstchen für alle", lachte Eva und verstrubbelte Timmy die Haare, was ihn sichtlich in Verlegenheit brachte.

„Cool, vielen Dank auch!", sagte Bombe und drängelte sich vor.

„Was sind denn das für Manieren junger Mann?" sagte Herr Braun in einem strengen Ton. „Ladies first!"

Steffi kicherte und nahm das in ein Brötchen geklemmte Würstchen mit einem Knicks entgegen.

„Hast es bestimmt nicht leicht. Drei Jungs gegen ein Mädchen." Herr Braun wackelte vielsagend mit den Augenbrauen.

„Och, das passt schon", sagte Steffi schulterzuckend.

Du meine Güte, dachte Eva verblüfft, als sie sah, wie Timmy das Mädchen ansah. Ist er etwa verliebt? Mit Wehmut dachte sie an ihre erste Schwärmerei zurück. Ach herrje.

„Und was habt ihr heute denn noch so vor?", fragte sie.

„Erst mal Lagebesprechung in meinem Zelt", erwiderte Bombe mit vollen Backen kauend. „Also danke noch mal, kommt jetzt, Leute!"

Es gab keinen Zweifel daran, wer in der Gruppe das Sagen hatte. Stirnrunzelnd sah Eva ihnen nach.

„Scheint geheim zu sein", sagte Herr Braun verständnisvoll. Und dachte an seine eigenen Geheimnisse. Die er seit Jahren hütete.

Und die ihn nachts in Albträumen heimsuchten.

Es war dunkel, als Julia endlich vor dem Haus von Neles Großmutter ankam. Erleichtert stellte sie den Motor ab und tätschelte das Lenkrad.

„Braver alter Junge."

Das Auto hatte die Strecke ohne Zwischenfälle überstanden. Und nun?

Sie starrte durch die Windschutzscheibe. An der Hauswand bewegten sich die Weinblätter im Wind, sonst wirkte alles leblos und verlassen. Kein einziges Licht brannte, und alles war still.

Julia stieg aus und suchte im Zwielicht nach der Klingel. Sie schien nicht zu funktionieren, also klopfte sie.

„Nele? Ich bin's! Nele, bist du da?"

Nichts. Julia presste ein Ohr an die Tür und lauschte angestrengt.

Kein Laut. Da drin war niemand.

Sicher? Was, wenn Nele irgendwas passiert ist? Wenn sie gar nicht antworten kann? Irgendwo hilflos liegt?

Julia verscheuchte die Bilder der beängstigenden Szenarien, die auf sie einstürmten, und drückte die Türklinke.

Abgeschlossen, na was denn sonst. Aber so schnell würde sie nicht aufgeben. Sie ging zurück zum Auto und kramte ihr Handy aus der Handtasche. Sie brauchte einen Moment, bis ihr wieder einfiel, wo man das Licht darauf einschalten musste, und begann, das Haus zu umrunden. Sie leuchtete in jedes Fenster, doch alles, was sie sehen konnte, waren vollgestellte Zimmer.

Nele hatte noch untertrieben, als sie ihr erzählt hatte, dass ihre Oma ein regelrechter Hamster war.

Jede Menge alte Möbel, Figürchen und Zeugs, ein wahres Sammelsurium.

Aber keine Nele.

Hinter dem Haus gab es noch eine Tür, die direkt in den Garten führte. Julia hatte keine Hoffnung und erschrak fast, als sich die Tür einfach öffnen ließ.

Ohne Zögern betrat sie den Raum, der sich als Küche entpuppte.

„Nele?"

Wieder keine Antwort und kein Anzeichen, dass hier überhaupt jemand war. Kein Geschirr, das herumstand, alles war perfekt aufgeräumt, so gut man das bei diesen Unmengen von Dingen überhaupt sagen konnte. Nur das Ticken einer Uhr war zu hören.

Ist das jetzt strafbar? Hausfriedensbruch?, fragte sich Julia. Egal, wen interessiert's!

Sie würde nicht eher weggehen, bevor sie nicht wusste, was mit Nele los war. Und sie hatte nicht vor, weiterhin mit ihrem Handy wie ein Einbrecher herumzufuchteln.

Entschlossen drückte sie auf den Lichtschalter. Die Lampe über dem Tisch verströmte einen warmen Schein, und plötzlich konnte sie fühlen, weshalb sich Nele als Kind hier so glücklich und geborgen gefühlt hatte.

Julia ging langsam durch alle Zimmer. Das war keine Anhäufung beliebiger Sachen. Jedes einzelne Stück trug dazu bei, dass man sich wohlfühlte. Alles war liebevoll arrangiert und dekoriert. Viel Krimskrams, doch ein paar Sachen und Möbel sahen wertvoll aus.

Im Schlafzimmer unter dem Dach war alles penibel aufgeräumt, das Bett gemacht. Und das passte ganz und gar nicht zu Nele. Denn wo immer sie sich gerade befand, brach in kürzester Zeit das Chaos aus. Das war manchmal der einzige Grund, weshalb sie sich in die Haare gerieten. Julia hasste Unordnung.

Sie durchwühlte den Kleiderschrank und die Schubladen. Nichts, das Nele gehörte. Im Bad ebenso.

Es war, als wäre sie nie hier gewesen.

Erschöpft und frustriert ließ sich Julia auf das Bett sinken. Es war eine lange Fahrt gewesen, ein langer Tag, und nun sah es so aus, als wäre alles umsonst gewesen. Nele war wie vom Erdboden verschluckt.

Soll ich im Gasthof fragen ob sie ein Zimmer für mich haben?, überlegte sie. Aber es ist schon so spät – und wieso eigentlich? Ich kann doch hier übernachten, niemand wird etwas dagegen haben. Leider.

Sie rappelte sich auf, holte ihre Reisetasche aus dem Auto und setzte sich in die Küche, um das Sandwich zu verdrücken, das sie sich unterwegs gekauft hatte. Als sie nach oben gehen wollte und das Licht löschte, hörte sie plötzlich Stimmen.

„Ich ertrage das nicht mehr! Ich kann nicht mehr, hörst du?"

Ein Streit! Julia öffnete die Tür einen Spalt und spitzte die Ohren. Es kam aus dem Garten nebenan. Eine zornige Männerstimme und ein leises, demütiges Gemurmel.

Das geht mich nun wirklich nichts an, dachte Julia und schloss die Tür. Es wäre schäbig, weiter zu lauschen.

Als sie ins Bett kroch und die Augen schloss, konnte sie es riechen. Auf dem Kopfkissen. Ein leichter Duft nach Orangen.

Neles Parfüm.

Ein greller Blitz, ein heftiger Donnerschlag, und dann prasselte ein Sturzbach aus Regen auf den hölzernen Deckel ihres Gefängnisses.

Nele schreckte auf. Immer wieder war sie bewusstlos gewesen oder hatte vor sich hingedämmert. Längst hatte sie jedes Gefühl für Zeit verloren. Es war dunkel, also musste es Nacht sein. Als sie den Kopf hob, flammten die Schmerzen wieder auf.

Aber da war Wasser!

Sie streckte die Zunge heraus und versuchte gierig, die Tropfen aufzufangen.

So wenig, so wenig!

Entkräftet lehnte sie sich zurück und spürte etwas an ihrem Rücken.

Ein Rinnsal!

Das Wasser sickerte an der Brunnenwand entlang zu ihr herab. Mühsam drehte sie sich um und leckte wie ein Tier die Wand ab. Sie wollte gar nicht darüber nachdenken, was sie noch alles mitschluckte. Winzige Käfer, Fasern von Moos oder gar Schimmelpilze. Doch nichts konnte schlimmer sein als ihr unerträglicher Durst. Sie wünschte sich, das Gewitter würde niemals aufhören.

Der Regen hörte jedoch so schlagartig auf, wie er begonnen hatte. Nele begann zu schluchzen.

„Hilfe! Hilfe, ich bin hier unten! Bitte helft mir!"

Nicht einmal mehr die Vögel antworteten, und Nele wurde von einer abgrundtiefen Hoffnungslosigkeit erfasst.

Ich werde hier sterben.

Der Gedanke ließ sie ganz ruhig werden und sie schloss die Augen.

Vielleicht schlafe ich ein und werde nie wieder wach.

Es fühlte sich gut an, aufzugeben. Angst und Verzweiflung loszulassen.

„Mist! Ein Gewitter. Lauft!", brüllte Bombe, und Freddy und Timmy rannten hinter ihm her.

Die Lichtkegel ihrer Taschenlampen zuckten wild hin und her. Nutzlos, denn Freddy stolperte über eine Wurzel und fiel der Länge nach hin. Timmy konnte gerade noch ausweichen, sonst wäre er auf ihm gelandet.

„Passt auf, wo ihr hintretet", rief Bombe und verschwand im Wald zwischen den Bäumen.

„Danke für den Hinweis", knurrte Freddy, rappelte sich auf und wischte sich über die Beine. „Toll, sieh mal, wie ich aussehe."

„Wie nach einem Bad im Schlamm", sagte Timmy seufzend.

Er fand alles einfach nur bescheuert. Bombe und Freddy hatten beschlossen, dass Steffi mitten in der Nacht einen Gegenstand aus einem verlassenen Haus holen musste, der beweisen würde, dass sie auch dort gewesen war.

Aus einem Geisterhaus, hatten sie gesagt und über beide Backen gegrinst.

Als Steffi sich dazu bereit erklärt hatte, wurde sie aus dem Zelt gescheucht, und Bombe hatte seinen Plan erklärt.

„Wir werden uns da verstecken und ihr einen gehörigen Schrecken einjagen."

„Das ist gemein und unfair", hatte Timmy protestiert.

„Alter, jetzt hab dich mal nicht so. Wenn sie nicht gleich kreischend davonrennt, wissen wir, dass sie cool genug ist, um bei uns mitzumachen. Obwohl sie ein Mädchen ist."

Timmy wäre am liebsten in seinem Zelt geblieben und hätte gelesen. Aber das kam nicht in Frage. Er würde Steffi nicht im Stich lassen. Und vielleicht konnte er Steffi sogar einen Hinweis geben, dass es sich nicht um Geister, sondern nur um die Seepiraten handelte.

„Los komm, weiter", sagte Freddy. „Ich bin schon klatschnass."

Es war nicht mehr weit. Bombe stand vor einem Haus und hielt sich die Taschenlampe unter das Kinn. Es sah ziemlich gruselig aus.

„Buuuuhuuu!", machte er mit tiefer Stimme. „Ich bin der Geist des Mörders, der hier alle umgebracht hat! Und ich werde auch euch niedermetzeln, ihr Würmer!"

Timmy fand das nicht besonders lustig. Das Haus war schon unheimlich genug. Was er in der Dunkelheit und dem Regen erkennen konnte, war die Ruine eines Bauernhofs. Zur Hälfte abgebrannt, die verkohlten Reste des Dachstuhls ragten wie Knochen in den Himmel. Die leeren Fensterhöhlen starrten ihn wie schwarze Augen an.

„Komm nur her, du kleiner Wurm", schienen sie zu sagen. „Komm nur, dann siehst du schon, was wir mit dir machen."

Dass da drin echte Geister hausten, kam Timmy gar nicht so abwegig vor. Eine Sekunde glaubte er einen Schatten zu sehen, der verwischt vom Regen über das Dach schwebte.

Ein Dementor!

Er hätte sich fast in die Hose gemacht, als Freddy ihm auf den Rücken schlug. „Was stehst du hier rum wie angewachsen? Hast du etwa Schiss?"

„Nein", sagte Timmy. Es klang etwas zögerlich.

„Dann komm endlich!"

„Hier rein!", kommandierte Bombe und drückte die geschwärzte Haustür auf.

Oh nein, dachte Timmy, aber er folgte den beiden und wedelte nervös mit seiner Taschenlampe umher. Wer konnte schon wissen, was da drin auf sie lauerte!

Unter ihren Turnschuhen knirschte Schutt aus zerbröckeltem Mörtel, verbrannten Holzstücken, Stofffetzen und bis zur Unkenntlichkeit verkohlten Dingen.

„Hier gehen wir in Deckung und warten, bis sie kommt. Macht das Licht aus!" Bombe winkte sie zu einem Fenster, das nur noch aus dem Rahmen bestand. Die Scheibe lag in kleinen Stücken auf dem Boden und knackte laut, als Timmy darauf trat.

„Was ist das hier eigentlich? Wem gehört das?", fragte er. Sein Magen kribbelte.

„Ich glaube, es gehört jetzt der Gemeinde, weil es keine Erben gibt. Aber niemand will es haben, es steht schon ewig leer", sagte Freddy und blinzelte nach draußen.

Wenigstens konnte man in der Dunkelheit ein paar Umrisse erkennen. Den Vorplatz, den umgestürzten Zaun und den Waldrand, der an eine schwarze Mauer erinnerte. Steffis Taschenlampe würde man schon von weitem sehen.

„Und warum gibt es wohl keine Erben? Warum will es niemand haben? Nicht mal geschenkt! Na, was glaubt ihr?", fragte Bombe in einem unheilschwangeren Ton.

„Sag schon", seufzte Timmy, obwohl er es eigentlich gar nicht wissen wollte.

„Weil es ein Mörderhaus ist!"

„Ach, der Quatsch", schnaubte Freddy.

„Das ist kein Quatsch, Mann", ereiferte sich Bombe. „Ich weiß genau, dass es stimmt, was geredet wird."

„Und was wird geredet?"

Bombe beugte sich zu ihnen. „Der Bauer, dem dieser Hof gehört hat, hat alle abgeschlachtet", flüsterte er, und Timmys Magen zog sich zusammen. „Seine Frau, seine Tochter und seinen Sohn. Er hat sie regelrecht zerstückelt!"

„Hör auf mit dem Scheiß!" Timmy wollte das nicht hören. Selbst bei hellem Tageslicht wäre ihm das zu viel gewesen.

„Das ist kein Scheiß, es ist wahr. Er hat seine Familie in Einzelteile zerlegt und überall verstreut. Mit einem Beil, wenn ihr es genau wissen wollt."

Hier im Haus? Timmy blickte schockiert um sich. Das war schlimmer als alle Seelenfresser.

„Und was ist aus dem Bauer geworden?", fragte Freddy. Seine Stimme klang ängstlich.

„Das ist ja das Problem", flüsterte Bombe. „Das weiß niemand. Er ist einfach verschwunden. Allerdings …" Er machte eine dramatische Pause. „… die Leute sagen, dass er sich immer noch hier herumtreibt. Er schleicht durch die Gegend, weil er nirgends anders leben kann. Weil ihn die Morde nicht loslassen. Vielleicht bereut er es. Oder vielleicht …"

„Mann, hör auf damit", knurrte Freddy.

Timmy brachte keinen Ton hervor.

Bombe ließ sich nicht bremsen. Sein Gesicht schwebte wie eine blasse Scheibe vor ihnen, als er es sagte: „Vielleicht will er aber auch weitermachen. Das Beil hat man ja auch nie gefunden. Pscht … hört ihr das?"

„Ich will nach Hause", platzte es aus Timmy heraus.

„Pscht ...", fauchte Bombe. „Ich hör was."

Freddy griff mit zitternden Fingern nach Timmys Hand.

Der Regen hatte aufgehört, zu hören war nur noch das Tröpfeln von Wasser.

Aber da war doch noch etwas. Jetzt konnten sie es alle hören. Eine leise Stimme. Hohl und gedämpft.

„Wer ist das?", flüsterte Timmy. Seine Beine fühlten sich wie Pudding an.

Die Stimme kam aus der Richtung des Zauns. Dort wo es stockfinster war. Was war das? Dieser komische Schatten, der sah doch aus wie ein Mann? Starrte er etwa zu ihnen herüber? Hatte er sie gesehen, als sie in das Haus gegangen waren?

Timmy wollte gerade den Mund aufmachen und seine Freunde warnen, als hinter ihnen etwas mit Getöse auf den Boden krachte.

Es klang wie aus einem Mund, als sie alle drei aufschrien.

„Raus! Lauft!", brüllte Bombe, und sie hätten sich beinahe gegenseitig über den Haufen gerannt, als sie sich gleichzeitig durch die Tür drängelten.

Kreischend stürmten sie davon.

Stimmen! Nele zuckte zusammen. Da ist jemand! Das sind Kinder!

Sie begann zu rufen: „Hilfe! Hilfe! Ich bin hier unten! Hört ihr mich? Kommt her! Hilfe!"

Sie waren jetzt ganz nah. Trampelten beinahe über ihren Kopf.

Aber sie konnten sie nicht hören. Denn die Kinder kreischten, als hätten sie den Teufel gesehen.

Dann waren sie fort, und die Stille, die nun herrschte, ließ Nele in Tränen ausbrechen.

„Hilfe", krächzte sie.

Sie schaffte es immer noch nicht aufzustehen, etwas war mit ihrem Rücken passiert. Sie konnte kaum ihre Beine spüren. Ihre Arme hingen schlaff herab, die Handrücken lagen auf dem Boden neben ihren Schenkeln, und sie malte damit Kreise auf die vom Regen feuchte Erde. Es war gut, etwas zu tun, auch wenn es völlig unsinnige, nutzlose Bewegungen waren. Es linderte ein klein wenig die bittere Enttäuschung über ihre vergeblichen Rufe.

Sie holte immer weiter mit den Händen aus, beugte den Oberkörper vor und stieß an etwas.

Was ist das?

Mit den Fingerspitzen tastete sie danach. Vielleicht irgendein Gegenstand, mit dem sie sich bemerkbar machen konnte?

Es fühlte sich rund an, nein, doch nicht ganz.

Sie packte es und betastete es mit beiden Händen.

Es war ein Schädel.

Steffi huschte wie ein kleines Reh durch den Wald. Sie hatte gewartet, bis sich das Gewitter verzogen hatte, sich heimlich aus der Wohnung geschlichen, und nun war sie auf dem Weg zum Geisterhaus.

Sie ahnte längst, was sie dort erwarten würde.

Jungs, ich bin doch nicht blöd, hatte sie gedacht, als man sie aus dem Zelt verbannt hatte. Bombe hatte sich bestimmt einen Streich ausgedacht. Sie war sich ziemlich sicher, dass die sich schon längst im Haus versteckt hatten, um ihr Angst einzujagen. Vielleicht sogar als Gespenster verkleidet.

Aber die würden sich wundern! Mal sehen, wer sich zuerst in die Hose macht!

Steffi brauchte keine Taschenlampe. Sie kannte den Weg. Sie umklammerte das Hufeisen, das sie im letzten Jahr auf dem Hof gefunden hatte. Stibitzt, um genau zu sein, denn es hatte über der Stalltür gehangen. Hinter vorgehaltener Hand wurde viel über den Hof getuschelt, und sie hatte sich die Sache mal selbst anschauen wollen und an einem sonnigen Tag allen Mut zusammengekratzt.

Traurig. Das war der erste Eindruck gewesen. Alles wirkte trostlos, verkommen und einsam. Der Bauernhof lag abgelegen weit außerhalb des Dorfes und niemand hatte die Familie richtig gekannt, die da gelebt hatte. Verwahrlost seien sie gewesen, halb verhungert, es wurden viele Geschichten erzählt.

Steffi hatte kurz in das Haus geschaut, nur mit einem Fuß über der Türschwelle. Müll, abgerissene Tapeten, sie hatte sich schnell zurückgezogen und war über den Hof zum Stall gegangen. Eine Maus ergriff vor ihr die Flucht, als sie ein rostiges Hufeisen entdeckte, das nur noch an einem Nagel hängend am Tor hing. Das Glück war herausgefallen, umgekehrt hätte es hängen müssen. Steffi hatte es mitgenommen und aufbewahrt.

Und heute Nacht würde sie es den Jungs unter die Nase halten.

Sie zuckte zusammen, als sie laute Schreie hörte. Ein Knacken von Ästen, und dann sah sie Lichtkegel, die wild umherhüpften.

Was ist …

Bombe tauchte so plötzlich vor ihr auf, dass er nicht mehr bremsen konnte und sie umrannte. Im Fallen stieß er einen hysterischen Schrei aus.

„Aua, Bombe! Spinnst du total?", schimpfte Steffi und boxte ihn zornig in die Seite.

„Du?" Bombe starrte sie fassungslos an.

„Ja ich, Himmel noch mal, wen hast du denn erwartet."

Timmy und Freddy kamen keuchend angerannt.

„Äh, also … ich hab dich glatt übersehen", stotterte Bombe. „Sorry."

„Was war denn los, warum rennt ihr Blödmänner schreiend durch die Gegend? Und überhaupt …", Steffi sah sie herausfordernd an, „… wo kommt ihr denn jetzt eigentlich her? Wolltet ihr mir vielleicht auflauern und Angst machen?"

Bombe seufzte tief und gab sich geschlagen. „Ja, okay. Es stimmt, das hatten wir vor. Wir wollten dir wirklich nur ein klein wenig Angst einjagen."

Timmy konnte ihr vor Scham nicht in die Augen sehen, und Freddy zog ein verlegenes Gesicht.

„Denkt ihr etwa, das hätte ich nicht gewusst?", sagte Steffi. „War doch klar, dass ihr mir auflauern würdet. Aber warum seid ihr davongerannt? Das würde mich jetzt schon interessieren. Habt ihr etwa Schiss bekommen?"

„Natürlich nicht", stammelte Bombe verlegen. „Also, das war so …"

„Doch, wir haben Schiss bekommen, und wie!",
rief Timmy. Er fand, dass Steffi ein Recht auf die
Wahrheit hatte. „Da war eine Stimme, jemand hat
geschrien, es war echt unheimlich. Und Bombe hat ja
erzählt, dass sich da immer noch ein Mörder
herumtreibt, also sind wir abgehauen."

„Und ich soll jetzt hingehen und nachschauen?"

„Nein, das musst du nicht", erwiderte Bombe
großzügig. „Du bist alleine im Dunkeln durch den
Wald gelaufen, das beweist, dass du mutig bist. Du
hast hiermit die Prüfung bestanden."

„Vielen Dank auch", erwiderte Steffi schnippisch.
„Dann lasst uns abhauen. Hier, ich habe noch was für
dich. Es hing an der Stalltür vom Geisterhaus, und jetzt
kannst du es in deinem Zelt aufhängen."

Bombe inspizierte mit der Taschenlampe das
Hufeisen in seiner Hand. War das wirklich alles Rost?
Oder doch vielleicht Blut?

„Mädchen können ganz schön zickig sein", sagte er
zu Freddy, und dann folgten sie Timmy und Steffi
durch den Wald nach Hause.

Timmy schreckte in dieser Nacht mehrmals auf. Er
träumte davon, dass er wieder im Geisterhaus war. Er
konnte die Stimme hören, und von da, wo sie
hergekommen war, schwebten schwarze Schatten in
der Luft. Er wusste, sie würden ihn holen, wenn sie ihn
entdeckten. Er versuchte zu verstehen, was die Stimme
sagte. Wollte sie ihn warnen? Es klang eher wie ein
Hilferuf. Aber er konnte nicht nachschauen gehen. Er
stand hinter einem der kaputten Fenster und konnte

sich nicht rühren. Wagte kaum zu atmen, während der Schweiß in Strömen an ihm herunterlief.

„Hilfe!"

Timmy erwachte mit einem Ruck und sah sich verwirrt um. Er lag in seinem Zelt, und alles, was er hören konnte, war Bombe.

Der im Zelt nebenan schnarchte wie ein Löwe.

Spurlos

Julia schlug blinzelnd die Augen auf. Einen kurzen Moment blickte sie verständnislos auf das kitschige Ölgemälde eines Engels, bis ihr klar wurde, wo sie sich befand. Sie lag in einem fremden Bett in einem fremden Haus.

„Nele?"

Keine Antwort. Es wäre ja auch zu schön gewesen. Sie tastete nach ihrem Handy. Immer noch nichts. Schlaftrunken suchte sie nach Neles Nummer.

Nicht erreichbar.

Sie würde sich nicht entmutigen lassen. Sie würde jeden in diesem vermaledeiten Kaff ausfragen. Jemand musste doch etwas wissen. Vielleicht stammte dieser ominöse neue Liebhaber, der Nele zu einer solch überstürzten Handlung gebracht hatte, aus dem Dorf. Woher sollte er sonst so plötzlich aufgetaucht sein.

Falls es ihn überhaupt gab.

Julia hatte beschlossen, mit ihren Recherchen bei den Nachbarn zu beginnen. Die hätten ja wohl am ehesten etwas mitbekommen.

„Guten Morgen, darf ich kurz stören?", rief sie am Gartentor stehend.

Ein Ehepaar saß unter einem Sonnenschirm beim Frühstück. Sie hoben den Kopf und musterten sie misstrauisch – als wäre sie eine ungebetene Versicherungsvertreterin oder eine Zeugin Jehovas.

Julia versuchte eilig, sich zu erklären. „Mein Name ist Julia Bach und ich bin auf der Suche nach meiner Freundin Nele. Der Enkeltochter der verstorbenen Frau Kern."

Immer noch keine Antwort, nur diese Blicke. Es schien den beiden nicht gut zu gehen. Die Frau hing kraftlos im Rollstuhl, ihr Mann hatte dunkle Augenringe. Es war Julia fast peinlich, die beiden zu belästigen.

„Sie war zur Beerdigung hier", redete sie hastig weiter. „Sie müssten sie eigentlich gesehen haben."

Endlich erhob sich der Mann und trat an das Gartentor.

„Ja, ja, natürlich haben wir Nele gesehen. Eine sehr nette junge Frau. Sie hat eine ergreifende Trauerrede gehalten", sagte er und reichte Julia die Hand. „Niklas Gabach, und das da ist meine liebe Frau Charlotte."

„Freut mich", sagte Julia und ergriff seine Hand. Sie fühlte sich kalt und schlaff an. Und er machte einen übermüdeten Eindruck.

„Wie kann ich Ihnen denn helfen?", fragte er. „Möchten Sie vielleicht hereinkommen und eine Tasse Kaffee mit uns trinken?"

„Nein, danke", wehrte Julia ab. „Wenn Sie mir nur sagen könnten, wann Sie Nele das letzte Mal gesehen haben. Und ob vielleicht noch jemand bei ihr war."

„Nein, ich habe niemanden sonst gesehen. Aber Sie müssen wissen, wir leben sehr zurückgezogen. Doch bestimmt hätte ich mitbekommen, wenn sie Besuch gehabt hätte. Oder wenigstens gehört." Er deutete auf die Hecke, die die Grundstücke trennte.

Julia dachte peinlich berührt an den Streit der beiden, den sie in der Nacht unfreiwillig belauscht hatte.

„Und gesehen habe ich Nele … warten Sie. Ja, das war vorgestern. Oder doch vor drei Tagen? Wissen Sie, die Zeit hat für uns keine große Bedeutung mehr. Für uns gibt es nur gute oder schlechte Tage. Und heute ist ein guter Tag, nicht wahr, mein Schatz?" Er winkte lächelnd seiner Frau, die nicht reagierte. „Weshalb fragen Sie nach ihr?"

Julia wusste einen Moment nicht, wie sie reagieren sollte. Sollte sie wildfremden Menschen von ihrer Sorge erzählen? Wahrscheinlich würde sie sich und Nele in ein völlig falsches Licht stellen. Vielleicht sogar lächerlich machen, falls sich herausstellte, dass Nele tatsächlich mit einem Mann einfach abgehauen war.

„Nun, es ist so. Sie ist nicht, wie sie es vorgehabt hat, nach Hause gekommen, und ich kann sie im Moment nicht erreichen. Deshalb … Haben Sie mit ihr geredet? Hat Nele Ihnen vielleicht erzählt, was sie vorhatte? Oder wohin sie wollte? Dann könnte ich …"

„Also sie war hier bei uns auf ein Glas Zitronenlimonade. Es kam mir so vor, als hätte die junge Frau Probleme, den Tod ihrer Großmutter zu verarbeiten. Damit abzuschließen. Aber das ist ja auch verständlich. Die alte Frau Kern war eine Seele von Mensch, rüstig für ihr Alter und immer freundlich und gut gelaunt. Und wenn ich mich recht erinnere, hatte Nele vor, am nächsten Tag abzureisen. Allerdings wollte sie jeweils an den Wochenenden wiederkommen, um den Hausstand ihrer Großmutter aufzulösen." Er drehte sich nach seiner Frau um, die unruhig im Rollstuhl vor und zurück wippte.

„Ja, gleich, mein Schatz. Bin gleich wieder bei dir."

Julia fühlte sich berührt. „Und es war niemand bei ihr?", bohrte sie weiter. „Ein Mann vielleicht?"

„Männlicher Besuch?" Herr Gabach lachte. „Nur der kleine Timmy, aber der zählt natürlich nicht."

„Timmy?"

„Ja, der Sohn der neuen Chefin vom Campingplatz, ein aufgeweckter Junge. Ich schätze mal so elf Jahre alt, also noch nicht ganz ein Mann."

Er zwinkerte ihr zu, und Julia kam es so vor, als würde er während des Gesprächs regelrecht aufblühen. Er schien die Unterhaltung zu genießen, denn mit seiner Frau konnte man anscheinend nicht reden. Sie gab unverständliche Laute von sich, die sehr ungeduldig klangen.

Herr Gabach ließ sich jedoch nicht aus der Ruhe bringen. „Sie müssen wissen, Timmy und die alte Frau Kern haben Freundschaft geschlossen, kaum, dass der Junge im Dorf aufgetaucht ist. Er war ständig bei ihr. Und was man so vernehmen konnte von nebenan, hatten sie es immer recht lustig zusammen. Und bei der Beerdigung hat er sich anscheinend mit Nele angefreundet. Wie gesagt, ein aufgewecktes, sympathisches Kerlchen, aber eben kein Mann."

Er hat doch einiges mitbekommen, dachte Julia. Und das könnte mir vielleicht helfen.

„Und wo finde ich diesen Timmy?", fragte sie.

„Wohl am ehesten drüben am See", erwiderte er und wischte sich den Schweiß mit einem Taschentuch von der Stirn. „Es sind doch Schulferien, und wer kann, stürzt sich ins kühle Nass, vor allem die Kinder.

Das würde ich auch gerne, doch leider ..." Er seufzte. „... aber einen kleinen Spaziergang an den See, sobald es etwas kühler ist, den machen wir bestimmt."

Aus der Kehle seiner Frau drang ein lautes Stöhnen, und er reichte Julia die Hand. „Ich muss mich wieder um meine Frau kümmern. Es hat mich gefreut, Sie kennenzulernen. Und vielleicht sehen wir uns wieder? Äh, wo wohnen Sie, wenn ich das fragen darf, oder fahren Sie schon wieder weg?"

Julia wurde rot. Ich bin in das Haus eingebrochen, das wäre die Wahrheit gewesen. Stattdessen sagte sie, als wäre es ganz selbstverständlich: „Ich wohne im Haus meiner Freundin nebenan, und ich bleibe noch etwas."

„Wie schön", erwiderte Herr Gabach mit einem Lächeln. „Dann sind wir jetzt ja Nachbarn. Also bis bald!"

Julia winkte seiner Frau zu, die inzwischen den Kopf hängen ließ, und ging zurück ins Haus.

Eine winzige Spur schien es zu geben. Dieser Junge, Timmy, wusste vielleicht mehr. Aber sie wollte sich erst im Dorf umhören, zuerst in dem kleinen Lebensmittelladen, der ihr im Vorbeifahren an der Hauptstraße aufgefallen war. Anscheinend dem einzigen Geschäft hier im Dorf. Normalerweise war das der Ort, an dem sämtlicher Tratsch diskutiert und verbreitet wurde. Eine Enkelin, die kurz nach der Beerdigung ein Techtelmechtel mit dem Dorfgigolo anfing, würde wohl Anlass für Gerede geben.

Und etwas Essbares musste sie sich auch besorgen. Der Kühlschrank war betrüblich leer.

Schon wieder eine Rothaarige, wunderte sich Eva, als eine junge Frau quer über den Platz auf sie zukam. Normalerweise sah man diese Haarfarbe nicht oft. In den Achtzigern war sie mal sehr modern gewesen, und von Natur aus Rothaarige waren in diesen Breitengraden eher selten.

„Hallo", sagte die Frau lächelnd. „Ich suche die Chefin, sind das vielleicht Sie?"

„Leicht zu erkennen an den dunklen Augenringen, nicht wahr?" Eva lachte und streckte ihr die Hand hin. „Eva Ehrmann, aber nennen Sie mich einfach Eva, das tut jeder hier."

„Julia Bach. Also Julia, freut mich."

„Und was kann ich für dich tun, Julia? Suchst du einen Platz? Also die Stellplätze für Wohnwagen sind für die nächsten zwei Wochen schon belegt, aber Zeltplätze sind … „

„Nein, du meine Güte,", wehrte Julia in gespieltem Entsetzen ab. „Ich habe nicht vor zu campieren. Da bin ich völlig untauglich, viel zu verweichlicht und pingelig obendrein. Nein, ich bin auf der Suche nach meiner Freundin Nele Kern. Meiner Mitbewohnerin, sie hätte vorgestern Nacht eigentlich wieder zu Hause eintreffen sollen, aber das ist sie nicht. Ich kann sie nicht erreichen, ihr Telefon ist anscheinend ausgeschaltet, und ich mache mir ehrlich gesagt etwas Sorgen um sie."

„Oh, Nele. Ja, die war vorgestern sogar noch hier auf dem Platz. Sie wollte eigentlich schwimmen gehen, aber ein paar Idioten haben sie vergrault."

„Ich habe gehört, dass dein Sohn Timmy sich mit ihr angefreundet hat. Und vielleicht weiß er ja, was Nele vorhatte. Könnte ich mit ihm sprechen?"

„Aber sicher doch, Moment." Eva trat aus dem Kiosk und sah sich um. „Er muss hier irgendwo in der Nähe sein. Timmy? Timmy!"

Nebenan quietschte eine Tür, Timmy kam aus dem Sanitärcontainer und ruckelte sich die Badehose zurecht.

„Da ist er. Timmy komm doch mal bitte her!"

Neugierig kam er näher und musterte Julia verblüfft. „Bist du Neles Schwester?"

„Nein, ich … ach so!" Julia fuhr sich durch die schulterlangen Locken. „Du meinst wegen der roten Haare?"

„Ja", sagte Timmy.

„Die sind echt. Und Nele hat diese Farbe so gefallen, dass ich ihr die Haare färben musste. War ein hartes Stück Arbeit bei ihrer Haarlänge. Ich bin übrigens ihre Freundin Julia und du anscheinend Neles neuer Freund Timmy, stimmt's?"

Timmy wurde wieder ganz warm ums Herz, weil er in letzter Zeit oft als Freund bezeichnet wurde. Er nickte strahlend.

„Darf ich dich auf ein Eis oder eine Limo einladen? Ich würde dich gerne ein paar Dinge fragen."

„Setzt euch da auf die Bank unter den Bäumen, ich schicke euch Herrn Braun mit dem Eis vorbei", sagte Eva und machte sich daran, möglichst große Portionen in die Becher aus Waffeln zu stopfen.

Timmy saß mit offenem Mund da. Das war wirklich sehr sonderbar und beängstigend, was Julia ihm gerade erzählt hatte.

„Verschwunden? Einfach so? Ist ihr etwas zugestoßen?", fragte er betroffen.

„Das hoffe ich natürlich nicht. Bei der Polizei habe ich noch nicht angerufen, aber wenn sich Nele nicht bald bei mir meldet, werde ich das tun."

„Vielleicht liegt sie in einem Krankenhaus und kann nicht reden?" Timmy wollte sich lieber keine Details vorstellen.

„Da müssten ihre Eltern anrufen, ich bin ja keine Angehörige. Ich habe alles abgesucht, Nele hat nichts zurückgelassen, also müsste sie auch ihren Geldbeutel bei sich haben. Da drin steckt eine Karte mit meiner Nummer und die Adresse für Notfälle. Wenn Nele einen Unfall gehabt hätte, hätte man mich informiert. Ich mache mir wirklich Sorgen, denn ich glaube einfach nicht, dass sie mit einem Kerl durchgebrannt ist. Ich bin mir sogar sicher, dass die Nachricht gar nicht von ihr stammt."

So, nun hatte sie ausgesprochen, was schon die ganze Zeit in ihr rumorte wie verdorbenes Essen. Ausgerechnet vor dem kleinen Jungen, der sie erschrocken ansah.

„Denkst du, Nele wurde entführt?", flüsterte Timmy bestürzt.

Oder noch schlimmer, dachte Julia, aber das würde sie auf keinen Fall aussprechen.

„Unsinn, nein, bestimmt gibt es eine einfache Erklärung für ihr plötzliches Verschwinden", wehrte sie ab.

„Wer ist verschwunden?", schreckte sie eine Männerstimme auf.

„Nele!", rief Timmy aufgeregt. „Nele ist verschwunden."

Irritiert musterte Julia den Mann, der mit den Eiswaffeln vor ihnen stand. Es war nicht zu übersehen, dass seine Hände zitterten. Sie hätte es vielleicht auf sein Alter geschoben, wenn da nicht dieser merkwürdige Gesichtsausdruck gewesen wäre, mit dem er sie ansah. Sie konnte ihn nicht deuten.

„Verschwunden?", sagte er, nachdem er sich geräuspert hatte, und übergab ihnen die Eiswaffeln.

„Nele ist nicht bei Julia zu Hause angekommen, und hier ist sie auch nicht mehr", erklärte Timmy und leckte hastig über seine Hand, über die schon das Eis tropfte.

„Hat sie denn keine Nachricht hinterlassen?" Der Mann wischte sich die Hände an seinen Shorts ab. „Entschuldigen Sie, dass ich Ihnen nicht die Hand reiche, ziemlich klebrige Angelegenheit. Braun, Ralf Braun, das Mädchen für alles."

„Julia Bach, hallo", erwiderte Julia und war insgeheim froh, dass sie ihm nicht die Hand geben musste. Er wirkte nicht unsympathisch. Ein älterer Mann in Shorts und ärmellosem Shirt, braungebrannt, mit sehnigen Armen und Beinen. Aber etwas störte sie. Sie konnte es beinahe körperlich fühlen. Unsichtbare Wellen, die von ihm ausgingen. Angst? Nervosität? Bedrohung?

„Das ist es ja", sagte Timmy und zappelte vor Aufregung auf der Bank herum. „Nur so ein paar komische Sätze auf dem Handy, und Julia meint ..."

„Ich möchte einfach mit Nele persönlich reden", unterbrach Julia ihn. Sie wollte nicht, dass Timmy etwas von ihrem Verdacht erzählte. „Wenn Sie Nele sehen, oder etwas von ihr hören, wäre ich sehr dankbar, wenn Sie mich das wissen lassen."

„Sicher doch, mach ich bestimmt", sagte er. „Also dann, man sieht sich."

Als er sich umdrehte, murmelte er noch etwas vor sich hin. Timmy schien es nicht wahrgenommen haben, er war mit seinem Eis beschäftigt, das in der Hitze rasend schnell schmolz. Aber Julia, und seine Worte irritierten sie zutiefst.

„Schöne Haare. Ein wunderschönes Rot."

„Willst du das Eis nicht?", fragte Timmy mit vollen Backen kauend. Die Waffelstücke krachten in seinem Mund.

„Was?" Julia hatte ihr Eis ganz vergessen, obwohl es schon über ihre Finger tropfte. „Doch, nein … ach, ich bin sicher, es schmeckt gut, aber ich habe gerade keinen Appetit. Möchtest du es?"

„Klar, danke", sagte Timmy und machte sich darüber her.

Julia versank in ihren Gedanken. Im Dorf hatte sie nichts in Erfahrung bringen können. Man war Nele begegnet, man hatte ihr Beileid bekundet. Aber über ihre Pläne wusste niemand etwas. Auch mit einem Mann hatte niemand sie gesehen. Sie schien spurlos verschwunden.

„Magst du Herrn Braun nicht?", fragte Timmy.

„Kennst du ihn gut?", versuchte sich Julia vor einer Antwort zu drücken.

Timmy zuckte mit den Schultern. „Also die Leute sagen, dass er schon immer hier war. Keine Ahnung.

Er wohnt da ganz hinten in einem uralten Wohnwagen. Ich kenn ihn noch nicht so richtig, meine Mom und ich sind ja noch nicht so lange da. Er redet nicht viel, manchmal kann er richtig wütend werden, aber er ist eigentlich ganz nett. Er hat mir mein Zelt aufgebaut, und er hilft meiner Mom. Sie sagt, ohne ihn wäre sie total aufgeschmissen. Obwohl jetzt noch eine Studentin aus der Stadt stundenweise mithilft."

„Also ein netter Mann", sagte Julia.

„Glaub schon", murmelte Timmy abgelenkt, denn auf einmal fielen ihm ein paar merkwürdige Dinge ein, über die er sich bis jetzt noch nie Gedanken gemacht hatte. Die ihm durch Neles Verschwinden in einem ganz neuen Licht erschienen.

Zeit für eine Lagebesprechung in Bombes Zelt! „Ich muss los", sagte er und rutschte von der Bank. „Danke für das Eis, und wir finden Nele ganz bestimmt!"

Julia blickte ihm nach.

Ein kleiner, zartgebauter Junge, der über den Platz stürmte und sich durch die herumschlendernden Gäste drängelte, als würde es irgendwo brennen.

„Ich werde meinen Vater nicht über Herrn Braun ausfragen, der hat sowieso keine Zeit und weiß wahrscheinlich auch nichts", verkündete Bombe und blickte mit einem gebieterischen Gesichtsausdruck in die Runde. „Das finden wir alleine raus. Das ist ein Fall für die Seepiraten!"

„Und wie sollen wir das machen?", fragte Steffi.

Timmy hatte ihnen von Nele erzählt. Dass Julia nicht daran glaubte, dass sie einfach abgehauen war und dass die Nachricht auf dem Handy daher wahrscheinlich gar nicht von ihr stammte.

„Von ihrem Entführer", hatte Freddy gesagt, und sie hatten einander erschrocken angeschaut.

Bombe hatte noch einen obendrauf gesetzt. „Von ihrem Mörder."

„Sag so was nicht!" Timmy war schockiert gewesen.

Nachdem sich die Aufregung etwas gelegt hatte, hatten sie darüber diskutiert, wer im Dorf Nele etwas angetan haben könnte. Eigentlich niemand. Doch irgendwie waren sie am Ende bei Ralf Braun gelandet. Weil er nie was über sich erzählte. Dass niemand wusste, wo er herkam, und vor allem, dass er jeden Abend verschwand. Das war doch komisch. Denn wenn er zurückkam, hatte er einen seltsamen Ausdruck im Gesicht und wirkte ganz anders als sonst.

„Habt ihr schon mal seinen Wohnwagen aus der Nähe gesehen?", fragte Freddy.

„Du meinst diesen verrosteten Eimer ganz hinten zwischen den Bäumen? Das Ding, für das man jetzt bald eine Machete braucht, um überhaupt bis zur Tür zu kommen?" Bombe wusste Bescheid.

„Ja, genau. Ich lauf da immer mal rum, weil es dort Brombeeren in Hülle und Fülle gibt. Man braucht bloß das Maul aufzureißen", verkündete Freddy.

„Und?" Bombe fand seine Ausführungen nicht sonderlich spannend.

„Und da habe ich beobachtet, dass er immer abschließt. Immer! Selbst wenn er nur kurz aufs Klo geht. An der Tür hängt ein riesiges Vorhängeschloss.

Ich meine, was soll das? Was hat er da drin, was man stehlen könnte? Verstecken muss?"

Bombe war wie elektrisiert. „Oder, anders gefragt, WEN hat er da drin?"

Timmy bekam eine Gänsehaut, und einen Moment herrschte bestürztes Schweigen.

„Da ist noch was Komisches", meldete sich Steffi. „Ich habe ihn schon oft gesehen, als er auf den Weg zum Geisterhaus abgebogen ist."

„Mom hat erzählt, dass er jeden Tag eine Stunde spazieren geht", sagte Timmy. „Abends, nach der Fütterung der Raubtiere, wie sie es nennt."

Bombe sprang auf. „Bist du sicher, dass er zum Geisterhaus geht?" Er hätte Steffi am liebsten geschüttelt vor Aufregung.

„Also er ist beim Wegkreuz nach links abgebogen, und das ist ja eine Sackgasse."

„Die beim Geisterhaus endet", ergänzte Freddy. Er wirkte etwas käsig um die Nase.

Timmy konnte ihnen nicht ganz folgen. Geisterhaus? Hier ging es doch um Nele.

„Denkst du etwa …", flüsterte Steffi.

„Ja", sagte Bombe. „Ich denke, dass er vielleicht der Axtmörder ist."

Ein paar Sekunden hing der Schrecken wie eine schwarze Wolke über ihren Köpfen.

„Herr Braun?", stammelte Timmy. Er konnte das nicht glauben. Der Mann, der ihm das Zelt aufgebaut hatte, der seiner Mutter unter die Arme griff, wo er nur konnte. Und der sie Tag für Tag mit Würstchen fütterte. Dieser Mann sollte der Axtmörder sein?

„Wir müssen herausfinden, was er da beim Geisterhaus treibt! Und was er in seinem Wohnwagen versteckt!" Bombe war nicht mehr zu bremsen. „Ich bin sicher, er hat Dreck am Stecken, und bestimmt hat er was mit Neles Verschwinden zu tun. So, wie der die angeglotzt hat!"

„Alle haben Nele angeglotzt", sagte Steffi.

Dann redeten alle wild durcheinander.

„Und wie sollen wir das herausfinden?"

„Wir beobachten ihn und schleichen ihm nach, sobald er losgeht!"

„Und wenn er uns bemerkt?"

„Egal, dann sagen wir, dass wir Verstecken spielen. Das wird wohl erlaubt sein."

„Und wie sollen wir in den Wohnwagen kommen? Der ist doch abgeschlossen!"

„Wenn wir das Schloss aufbrechen, dann merkt er, dass jemand drin war, und dann wird er wütend und dann ..."

„Ich habe gesehen, dass er jetzt wegen der Hitze hinten das Fenster einen Spalt geöffnet lässt. Das kann man bestimmt aufdrücken und dann reinkrabbeln."

„Und wer soll da reinkrabbeln?"

„Bombe mal sicher nicht, der war noch nie gut im Klettern", krähte Freddy und kicherte.

„Ruhe jetzt!", brüllte Bombe. „Ich habe einen Plan, und ganz genau so machen wir es."

Der Plan hörte sich eigentlich ziemlich gut und einfach an. Sie wollten Herrn Braun nicht mehr aus den Augen lassen, und wenn er sich auf den Weg machte, sollten Bombe und Timmy ihn verfolgen. Und in dieser Zeit sollten Freddy und Steffi in den Wohnwagen klettern und sich umschauen. Nach irgendwelchen Hinweisen suchen.

Über Nele.

Oder nach einer Axt.

Er hörte sich einfach an, und eigentlich konnte doch nichts schiefgehen. Trotzdem verbrachten sie den Nachmittag in nervöser Anspannung.

„Etwas Schiss hab ich aber schon. Mann! Wenn wir erwischt werden!" Freddy war der Einzige, der es zugab.

Alte Geschichten

Julia war auf dem Rückweg vom See. Die Sonne brannte ihr auf den Kopf, und sie wünschte sich, sie hätte sich einen Hut aufgesetzt. Aber für solch profane Dinge war in ihren Gedanken gerade kein Platz.

Ich werde noch mal das ganze Haus durchsuchen, vielleicht habe ich etwas übersehen. Und danach rufe ich bei der Polizei an. Mir doch egal, wenn die mich auslachen und für hysterisch halten.

Sie hob ruckartig den Kopf, als sie eine Autotür knallen hörte. Nele?

Vor dem Nachbarhäuschen, dessen Fensterläden die ganze Zeit geschlossen gewesen waren, stand ein Taxi. Eine alte Frau stand auf einen Krückstock gestützt daneben und gab dem Fahrer Befehle, der zwei große Gepäckstücke aus dem Kofferraum wuchtete und sie bis zur Tür schleppte.

Julia beschleunigte ihre Schritte und erreichte die alte Dame in dem Moment, in dem das Taxi davonfuhr.

„Eine Unverschämtheit, diese Preise heutzutage", schimpfte sie und steckte ihren Geldbeutel in die Handtasche.

„Hallo, guten Tag", sagte Julia. „Darf ich Sie vielleicht etwas fragen? Ich bin …"

„Wer Sie sind und was Sie wollen, können Sie mir später erklären, junge Dame. Im Moment bräuchte ich Hilfe, wenn Sie so nett wären." Sie deutete mit ihrem Gehstock auf die beiden Koffer vor der Tür. „Die müssten rauf ins Schlafzimmer."

„Natürlich, das mache ich doch gerne, Frau …"

„Engele. Gertrud Engele. Entschuldigen Sie meine Unhöflichkeit, aber es war eine lange Fahrt, meine Hüfte bringt mich fast um, die Klimaanlage im Taxi hat nicht richtig funktioniert, und wenn ich noch eine Minute länger in dieser Hitze braten muss, kippe ich aus meinen Sonntagsschuhen."

„Dann beeilen wir uns wohl besser", erwiderte Julia lächelnd und nahm den Schlüssel entgegen, den ihr Frau Engele entgegenstreckte. „Mein Name ist übrigens Julia Bach. Ich wohne im Moment nebenan in Frau Kerns Haus."

Die alte Frau gab keine Antwort, aber Julia hatte genug mit dem Gepäck zu tun. Die Koffer waren schwer, und sie schnaufte, als sie beide die steile, schmale Treppe hinaufschleppte. Die Zimmeraufteilung war genauso wie bei Neles Großmutter. Nur, dass bei Frau Engele nicht so viele Sachen herumstanden. Dadurch wirkten die Räume nicht ganz so beengend. Trotzdem. Die steilen Stufen, die Abgeschiedenheit zwischen Dorf und See, nicht gerade ein idealer Ort für alte Leute.

„Soll ich Ihnen vielleicht noch beim Auspacken helfen?", rief Julia nach unten.

„Nein, das schaffe ich dann schon alleine. Ich bin ja trotz der Hüfte noch kein Krüppel. Kommen Sie, ich mache uns einen Kaffee!"

Frau Engele stand in der Küche und hantierte an einer chromblitzenden italienischen Kaffeemaschine.

„Da staunen Sie, was?", sagte sie, ohne sich umzudrehen. „Hab ich mir gegönnt. Ich darf wohl mit Fug und Recht behaupten, dass Sie weit und breit keinen besseren Kaffee bekommen. Ich hasse diesen faden Filterkaffee!"

Ein köstlicher Duft nach frisch gerösteten Bohnen zog durch die Küche, und schließlich stellte sie zwei schaumgekrönte Tässchen auf den Tisch.

„Moment, irgendwo sollte ich noch Kekse haben."

Sie rumorte im Küchenschrank und präsentierte eine Packung. „Ah ja, hier. Wenn Sie sie bitte aufmachen könnten. Auf Teller können wir sicher verzichten."

„Natürlich, machen Sie sich bitte keine Umstände."

Frau Engele lehnte ihren Stock an den Tisch und ließ sich auf den Stuhl plumpsen.

Julia bemerkte, dass ihre Augen gerötet waren. Vor Anstrengung? Oder hatte sie geweint, während sie oben gewesen war?

„So, junge Dame. Jetzt können Sie mir erzählen, was Sie auf dem Herzen haben. Sie wollten mich doch etwas fragen."

Julia versuchte, der Reihe nach zu erzählen, und begann damit, dass Nele ein paar Tage wegen der Beerdigung hergekommen war. Sie erschrak, als Frau Engele haltlos zu schluchzen begann.

„Bitte entschuldigen Sie", stammelte sie und zerrte ein Taschentuch aus ihrem Dekolletee. „Es nimmt mich einfach immer noch zu sehr mit. Maria war meine Freundin. Wir sind hier zusammen aufgewachsen, alt geworden. Ich war jetzt drei Wochen zur Kur wegen meiner vermaledeiten Hüfte, müssen Sie wissen. Und es hat mir das Herz gebrochen, als ich die Nachricht von ihrem Tod erhalten habe. Und dass ich nicht bei ihrer Beerdigung dabei sein konnte. Aber das hätte ja auch nichts geändert, ach, egal …" Sie schnäuzte sich lautstark. „Ich werde noch heute ihr Grab besuchen und von ihr Abschied nehmen. Mein Gott, ich vermisse sie jetzt schon so schrecklich, dabei bin ich noch gar nicht richtig angekommen."

Julia legte ihr tröstend eine Hand auf die Schulter. Wie einsam musste sich diese Frau nun fühlen, weil die beste Freundin nicht mehr da war.

Hoffentlich muss ich nicht erleben, wie das ist!

„Das tut mehr sehr leid für Sie, glauben Sie mir." Mehr konnte sie nicht sagen. Da gab es keinen Trost, für Frau Engele wären alles nur leere Worte.

„Danke, schon gut", erwiderte sie und wischte sich energisch über die Augen. „Das ist nicht der erste Abschied in meinem Leben, und es kommen wieder andere Tage. Aber ich überlege mir jetzt doch ernsthaft, ob ich nicht dem Drängen meiner Tochter nachgeben soll und zu ihr ziehe. Was soll ich denn noch hier? Aber an die Nordsee …" Frau Engele rümpfte die Nase. „Ständig bläst einem dort der Wind um die Ohren. Aber genug jetzt von mir und meinem Elend. Ich habe Sie unterbrochen, bitte erzählen Sie weiter."

Julia war ihr gegenüber völlig offen, schüttete ihr Herz aus. Es tat gut, jemandem von ihrer Sorge und den schrecklichen Gedanken zu erzählen, die sie quälten. Und während sie sprach, kam es ihr gar nicht mehr unsinnig vor. Es musste etwas Schlimmes geschehen sein. Denn sie kannte Nele so gut, wie wahrscheinlich nicht einmal ihre Eltern sie kannten.

„Mein Kind, Sie sollten auf jeden Fall mit der Polizei reden", sagte Frau Engele, als Julia geendet hatte. „Ich kenne Nele, seit sie ein Baby war, sie war ja oft drüben bei Maria. Nele ist vielleicht manchmal etwas chaotisch, den Kopf voller verrückter Ideen, ausgeflippt, wie man heutzutage sagt, aber etwas weiß ich mit Bestimmtheit. Nele würde niemals einen Menschen, der ihr etwas bedeutet, im Ungewissen lassen."

„Nein, das würde sie nicht", murmelte Julia und sah unglücklich aus dem Fenster. Und das bedeutete, dass sie recht hatte mit ihren Befürchtungen.

„Was um Himmels willen könnte passiert sein?", stöhnte sie und raufte sich die Haare.

Frau Engele musterte sie und schien mit sich zu ringen.

„Ich weiß nicht recht, ob ich Ihnen das überhaupt erzählen soll", sagte sie zögernd. „Es ist wahrscheinlich nicht einmal hilfreich. Im Gegenteil, es wird Sie …, ach, lassen wir diese alten Geschichten."

„Was? Was wissen Sie? Bitte, erzählen Sie es mir! Alles, einfach alles könnte doch einen Hinweis beinhalten."

Frau Engele seufzte tief. „Na schön. In unserem Dorf sind leider schon ein paar schlimme Dinge geschehen. Das ist jetzt allerdings schon Jahre her. Viele Jahre. Aber weil Nele jetzt doch auch rote Haare hat, ist mir die Geschichte mit Biggi eingefallen. Und Natalie."

Julia fasste sich unwillkürlich an den Kopf. „Rote Haare? Sie meinen, es hat etwas mit der Haarfarbe zu tun, und was ist …"

„Nein, nein", sagte Frau Engele und hob beschwichtigend die Hände. „So meinte ich das nicht, das ist wahrscheinlich nur ein seltsamer Zufall."

„Und was ist mit den beiden passiert?"

„Die kleine Biggi ist tot, und Natalie hat man nie gefunden."

Julia schnappte nach Luft. „Soll das etwa heißen, dass es hier vielleicht einen Mörder gibt, der es auf Rothaarige abgesehen hat und den man bis heute nicht gefunden hat?"

„Nein! Also … ach, ich weiß es doch auch nicht! Das ist schon lange her. Fast vierzig Jahre, wenn mich nicht alles täuscht. Wissen Sie, die Leute hier, das sind gute Menschen. Man kennt sich, und das ist ja auch kein Wunder, so klein, wie unser Dörfchen ist. Und inzwischen hat sich vieles verändert, man ist viel weltoffener geworden. Früher, ja früher, da lebte man ganz für sich. Wie in einer Blase. Man musste schwer schuften, um über die Runden zu kommen. Es gab damals noch viele Bauernhöfe, die Frauen haben mit Heimarbeit ein Zubrot verdient. Aber die Jungen sind nach und nach weggezogen. Weil es hier einfach keine Perspektiven für sie gab. Heute haben fast alle ein Auto und arbeiten in der Stadt, haben moderne Berufe. Und die strengen Regeln, nach denen damals gelebt werden musste, kümmern heutzutage auch niemanden mehr. Wir hatten damals ein paar strenggläubige Leutchen im Dorf, du meine Güte! Ich wurde ja auch im Glauben erzogen und habe brav jeden Abend das Nachtgebet gesprochen, aber das waren regelrechte Spinner!"

Die alte Frau drohte sich in ihren Erinnerungen zu verlieren, und Julia rutschte ungeduldig auf ihrem Stuhl herum.

„Sie wollten mir doch von den beiden Mädchen erzählen?", versuchte sie Frau Engele sanft wieder auf das eigentliche Thema zu führen.

„Ach so, ja. Eine schreckliche Geschichte. Biggi, Brigitte, sie war, glaube ich, zwölf Jahre alt, als man sie aus dem See gefischt hat. Ein hübsches kleines Ding, rothaarig wie ihre Großmutter, übersät von Sommersprossen. Allerdings ein fürchterliches Plappermaul und sicher nicht besonders hell im Kopf. Abgesehen davon ein nettes, höfliches Kind. Bis heute weiß man nicht, ob es ein schrecklicher Unfall war. Oder ob man ihr etwas angetan hat."

„Ist sie ertrunken?"

„Sie muss sich irgendwie den Kopf angeschlagen haben, sie hatte da eine tiefe Wunde. Es wurde viel geredet, ich weiß es wirklich nicht. Es war wohl doch ein Unglück."

„Und das andere Mädchen?"

„Ja, also das war wirklich seltsam. Natalie, ein frühreifer Teenager. Man soll ja nicht schlecht über andere Leute reden, aber die war schon ein kleines Luder. Hat sich zurechtgemacht wie eine …, eine, ach Sie wissen schon, und sich den Männern an die Brust geworfen. Dann ist sie von einem Tag auf den anderen verschwunden. Wie vom Erdboden verschluckt. Man hat endlos nach ihr gesucht, aber nichts! Nicht die geringste Spur."

„Könnte sie fortgelaufen sein?"

„Das hat man zuerst gedacht, aber alle ihre Sachen waren noch da. Alles, auch der Ausweis, und das Sparbuch hat sie ebenfalls nicht angerührt. Ihre Mutter hat gesagt, dass Natalie nie und nimmer ohne ihre teuren, neuen Klamotten abgehauen wäre. Sie war felsenfest davon überzeugt, dass man ihre Tochter entführt hat. Später, als das auf dem Tannhof passiert ist, haben dann alle geglaubt, dass der Bauer dort etwas damit zu tun gehabt hat." Frau Engele schüttelte sich. „Was für schreckliche alte Geschichten. Ich brauch einen Schnaps, möchten Sie auch ein Gläschen?"

„Ich …, ja gerne." Julia merkte erst jetzt, wie sehr sie ihre Muskeln angespannt hatte, wie verkrampft sie dagesessen hatte.

„Da oben im Schrank, es ist selbst gemachter Likör aus schwarzen Johannisbeeren. Wären Sie so nett?"

Julia holte die Flasche, deren Etikett mit Schnörkelschrift gekennzeichnet war, und zwei Schnapsgläschen.

Wortlos prosteten sie einander zu. Der Likör schmeckte gar nicht einmal so schlecht, wie Julia befürchtet hatte. Auf jeden Fall enthielt er eine Menge Alkohol.

„Was ist denn auf dem Tannhof passiert?"

Frau Engele füllte die Gläser gleich noch mal auf. „Eine schreckliche Geschichte, und niemand hätte sich vorstellen können, dass so etwas in unserem Dorf passieren könnte. Es war ein junger Mann, ich kann mich nicht mal mehr an seinen Namen erinnern. Er hat den Hof von seinem Onkel übernommen und ist mit seiner Frau und zwei kleinen Kindern gekommen. Er hatte nicht die geringste Ahnung von Landwirtschaft, keinen Deut. Ein Spinner, der die ganze Zeit wirres Zeugs gefaselt hat. Man hat gemunkelt, dass er Drogen nimmt. Aber sicher wusste man das nicht. Es hatte auch kaum jemand Kontakt zu der Familie. Schulden hatten sie jede Menge im Dorfladen, bis man ihnen nichts mehr geben wollte. Stück für Stück hat er das Vieh verkaufen müssen, bis nur noch ein paar Hühner übrig waren. Die Frau hat versucht, Gemüse anzupflanzen, aber so richtig ist ihr das anscheinend auch nicht gelungen. Man hat sie und die Kinder nur ganz selten gesehen. Sie wirkten völlig verwahrlost. Vielleicht hätten wir uns um sie kümmern sollen, dann wäre das nicht passiert. Gott vergib uns, wir sind wahrscheinlich alle schuld daran."

Tränen kullerten über ihre geröteten Wangen, und sie leerte das Glas in einem Zug.

„Was ist passiert?"

„Eines Tages ist der Mann vollkommen durchgedreht. Ob aus Verzweiflung oder weil er vielleicht doch unter Drogeneinfluss gestanden hat, niemand konnte das sagen. Er ... er hat seine ganze Familie umgebracht. Seine Frau und die beiden kleinen Kinder. Erschlagen mit einer Axt. Es war schrecklich, entsetzlich. Die Leute, die damals die Leichen gefunden haben, hatten danach wochenlang die schlimmsten Albträume. Ich bin froh, dass mir so ein Anblick erspart geblieben ist."

„Und er? Was ist denn aus dem Mann geworden?"

„Das ist es ja!", rief Frau Engele. „Er hat das Haus in Brand gesetzt und ist verschwunden. Niemand weiß, was aus diesem Wahnsinnigen geworden ist!"

Julia begann trotz der Hitze, die sich in der Küche staute, zu frösteln.

„Dann könnte er immer noch hier in der Gegend sein?"

Frau Engele zog die Augenbrauen hoch. „Warum sollte er? Nein, das glaube ich nicht. Das ist jetzt fast vierzig Jahre her, und seitdem ist im Dorf auch nichts mehr geschehen. Es war, als wäre mit dem Mann alles Böse wie eine Gewitterwolke davongezogen."

„Würde ihn überhaupt jemand erkennen, wenn er wieder hier wäre?"

„Nach so vielen Jahren? Nein, das glaube ich nicht. Nein, nein, er müsste ja jetzt … wie alt sein? Ach du liebe Zeit. Und ich glaube nicht, dass er etwas mit Neles Verschwinden zu tun hat. Ich habe auch damals nicht geglaubt, dass die Geschichte mit den beiden Mädchen in irgendeinem Zusammenhang gestanden hat. Maria war übrigens der gleichen Meinung. Ach Gott, Maria …"

Frau Engeles Gesicht wirkte plötzlich grau vor Müdigkeit, und Julia bekam ein schlechtes Gewissen. Sie erhob sich und reichte ihr die Hand.

„Sie müssen völlig erschöpft sein, ich lasse Sie jetzt in Ruhe. Dann können Sie sich etwas hinlegen. Vielen Dank, dass Sie mir das alles erzählt haben. Ich bin gleich nebenan, für den Fall, dass Sie etwas Hilfe brauchen. Beim Auspacken oder Wäschewaschen."

Frau Engele drückte ihr die Hand. „Danke, das ist nett. Ich melde mich. Aber als Erstes sollten Sie jetzt wirklich die Polizei anrufen. Die haben ja heutzutage viele Möglichkeiten, um jemanden zu finden. Also in den Krimis im Fernsehen jedenfalls. Vielleicht kann man Nele doch über ihr Telefon ausfindig machen, auch wenn es ausgeschaltet ist."

Unwahrscheinlich, dachte Julia, als sie die Haustür hinter sich zuzog. Sie versuchte, ihre Gedanken zu ordnen. Die Geschichten, die ihr Frau Engele erzählt hatte, schwirrten wie aufgescheuchte Fliegen durch ihren Kopf. Und plötzlich fiel ihr ein, was sie die alte Dame noch hatte fragen wollen.

Hatten die Frau und ihre Kinder rote Haare gehabt?

„Kind, wie lange willst du eigentlich noch da liegen bleiben?" Das war Oma.

Nele blinzelte. Sie lag im Gras im Garten ihrer Großmutter. Es war düster, obwohl es sicher noch nicht Nacht war. Denn sie konnte die Vögel zwitschern hören. Das Rauschen des Windes in den Bäumen.

„Steh endlich auf!"

Nele stöhnte. „Ich kann nicht, Oma. Mir tut alles so weh. Mein Rücken tut so weh, und ich habe Kopfschmerzen, schreckliche Kopfschmerzen, mir ist schon ganz übel."

„Wenn du da liegen bleibst, wird es auch nicht besser. Also stell dich nicht so an und steh auf."

Nele versuchte zu schlucken. Ihr Hals war so ausgetrocknet, dass er brannte. Warum hilft sie mir nicht?, dachte sie verzweifelt. Warum ist sie denn jetzt so böse mit mir?

Sie riss die Augen auf und erkannte, wo sie war. Nicht in Sicherheit bei ihrer Großmutter. Es war nur wieder ein Traum gewesen. Sie lag noch immer auf dem Grund eines Brunnens.

Irgendwo an einem Ort, an dem keine Menschenseele war. Man würde sie niemals finden, wenn sie jetzt nicht auf ihre Großmutter hören würde.

Endlich aufstehen.

Nele sah nach oben. Wie sollte sie da hinaufkommen? Sie bemerkte, dass sie noch immer den Schädel in den Händen hielt. Früher, in einem anderen Leben hätte sie ihn laut kreischend weit von sich geworfen.

Aber nun machte er ihr keine Angst. Das war einmal ein menschliches Wesen gewesen.

„Wer bist du? Wie bist du hierhergekommen?",
flüsterte sie. „Du hast es nicht geschafft, wieder
rauszukommen. Aber ich, ich werde es schaffen."

Entschlossen legte sie den Schädel zur Seite und
versuchte aufzustehen. Augenblicklich wurde sie von
einem heftigen Schwindel erfasst, sie taumelte und fiel
auf die Knie. Mit den Fingern krallte sie sich an der
Wand fest, um nicht auf den Rücken zu fallen. Den
Teil ihres Körpers, der zu glühen schien. Der ihr
ganzes Sein vor Schmerz verschlingen wollte.

Kleine Steinchen bröckelten aus der Wand. Sie war
porös, voller Ritzen und Vorsprüngen, in die man die
Finger und Zehen graben konnte.

Und hinaufklettern?

Vielleicht. Später, wenn es mir etwas besser ... Ihre
Gedanken fluteten wie trübes Wasser durch ihren
Kopf. Sie spürte es nicht mehr, als sie langsam zur
Seite rutschte.

Alle vier hockten vor Bombes Zelt. Timmy tat so,
als ob er lesen würde, und merkte nicht, dass er das
Buch verkehrt hielt. Steffi flocht sich die Haare zu
einem Zopf, und Bombe und Freddy spielten Karten.
So sah es jedenfalls aus.

„Da kommt er", zischte Bombe.

„Hallo Kinder", sagte Herr Braun im
Vorbeischlendern. „Seid ihr alle satt geworden?"

„Ja, klar, danke, Herr Braun", erwiderte Steffi.

„Dann noch viel Spaß bei dem, was ihr noch
vorhabt. Ich mache mal einen kleinen Rundgang,

bevor ich mich in meinen Palast zurückziehe."
Winkend ging er davon.

„Los jetzt, Timmy, hinterher!", kommandierte
Bombe. „Und ihr zwei wisst, was zu tun ist."

„Ay, ay, Captain", erwiderte Freddy, obwohl ihm
nicht nach Scherzen zu Mute war.

Timmy schlenderte an Bombes Seite und
versuchte, einen möglichst unauffälligen Eindruck zu
machen, bis ihm aufging, dass das Quatsch war. Es
konnte niemand wissen, was sie vorhatten. Sie waren
bloß zwei Jungs, die sich herumtrieben. Kinder.
Neugierige Kinder. Und da lag das Problem.

Hatte er nicht kürzlich in einem seiner Bücher
gelesen, wie das ausgehen konnte mit der Neugier?

Ralf Braun atmete tief den Duft des Waldes ein.
Eine Wohltat, nachdem er fast zwei Stunden am Grill
gestanden hatte und ihm der Rauch und der Geruch
von verbranntem Fett in die Nase gestiegen war. Er
hatte immer gerne Fleisch gegessen, aber seit er
zweimal am Tag Würstchen und Koteletts braten
musste, war er nicht mehr so wild darauf. Je länger, je
mehr bevorzugte er den Tomatensalat oder den
Nudelsalat, den Eva täglich frisch zubereitete.

Doch er mochte seine Arbeit. Er freute sich
darüber, dass er gebraucht wurde. Dass er nun einen
guten Grund hatte, jeden Morgen aufzustehen.

Er hatte Angst vor dem Winter. Vor dem Moment,
wenn im Herbst die letzten Gäste mit ihren

Siebensachen abgereist waren. Dann war der Platz wieder leer und verlassen. Einsam.

Und er wieder alleine mit seinen Erinnerungen. Den Schuldgefühlen, die ihn quälten. Den schlaflosen Nächten, in denen er ruhelos durch die Gegend lief, auf der Suche nach Erlösung. Erlösung von dem Zwang, der ihn wie ein Eisenring umschloss.

Ich muss dem ein Ende machen, dachte er, während seine Füße ganz automatisch an der Weggabelung abbogen. Er war den Weg schon so oft gegangen, dass er weder links noch rechts schauen musste. Sein Körper war im Hier und Jetzt, aber seine Gedanken kreisten in der Vergangenheit.

Das Knacken von Ästen hinter seinem Rücken hörte er nicht.

„Pass doch auf, du Trottel", zischte Bombe und zerrte Timmy zu sich hinter einen Baum in Deckung.

„Tschuldigung", sagte Timmy zerknirscht. Er hatte sich so auf Herrn Brauns Rücken konzentriert, darauf, ob er sich nach ihnen umdrehen würde, dass er den Ast vor seinen Füßen nicht bemerkt hatte.

„Er ist tatsächlich abgebogen", flüsterte Bombe. „Er geht zum Geisterhaus."

Das konnte alle möglichen Gründe haben, leider fiel Timmy kein einziger ein, der ihn aufgemuntert hätte. Es war kein schöner Ort, an dem man einfach mal zum Vergnügen verweilte. Ganz im Gegenteil, und Timmy wäre am liebsten umgekehrt. Aber das kam nicht in Frage. Vielleicht hatte Herr Braun tatsächlich etwas mit Neles Verschwinden zu tun.

Vielleicht hielt er sie sogar in diesem grässlichen Haus gefangen!

Also schlich er weiter Bombe hinterher, der ganz in seinem Element zu sein schien.

„Müssen diese Idioten jetzt unbedingt da Ball spielen?", meckerte Freddy frustriert.

Ein paar Kinder hatten sich ausgerechnet die Wiese vor Herrn Brauns Wohnwagen dafür ausgesucht. Sie würden es mitbekommen, wenn sie versuchen würden, in den Wohnwagen zu klettern.

„Wir müssen einfach warten", sagte Steffi und ließ sich unter einem Baum ins Gras plumpsen. „Irgendwann hören die auf und verduften. Es wird ja schon bald dunkel."

„Genau!", knurrte Freddy. „Das meine ich ja!"

Damals

Ich bin gerne am See. Auch wenn es so viele schmerzliche Erinnerungen wachruft. Unsere gemeinsamen Stunden unter der Trauerweide waren rückblickend die schönsten Momente in meinem Leben.

Bis sich dann Furcht in diesen Augen spiegelte. Furcht vor mir.

Und ich das Gefühl bekam, dass meine Liebe nicht genug war. Angst, dass unsere Verbindung zerbrechen könnte, reißen wie ein morscher Strick.

Ich war so verzweifelt, dass mir die Prügel egal wurden. Die Schläge und Schmerzen, die ich im Namen des Herrn ertragen musste, waren nichts gegen das, was in meinem Herzen tobte. Die Qualen, die diese Blicke auslösten. Ich starb jeden Tag ein wenig mehr.

Und dann wollte ich es. Sterben.

Zu töten war eigentlich nicht schwer gewesen.

Aber mich selbst umzubringen, erwies sich als ungleich schwieriger. Ich war doch noch so jung, hatte keine Ahnung. Ich beschloss, so weit in den See hinauszuschwimmen, bis ich es nicht mehr zurück schaffen konnte.

Doch ich schaffte es. Mein Körper wollte nicht loslassen. Wehrte sich wie fremdgesteuert dagegen, einfach in der Tiefe zu versinken.

Aufhängen wollte ich mich nicht. Wie lange würde ich wohl zappeln, verzweifelt nach Luft ringen, während der Strick mir die Kehle zuschnürte? Das erschien mir zu grausam.

Ich schluckte Tabletten. Es waren viel zu wenige, denn Vater duldete außer den Migränetabletten der Mutter keine Medikamente im Haus. Der Herr würde es richten. Würde jede Krankheit heilen, wenn man nur lange genug darum betete. Auf den Knien lag, selbst mit Schüttelfrost und Fieber.

Dann entdeckte ich im Schuppen eine Kanne Pflanzenschutzmittel. Fast nichts mehr drin. Aber der Totenkopf auf dem Etikett versprach eine endgültige Lösung.

Ich leerte die Kanne bis auf den letzten Tropfen.

Der Geschmack war widerlich. Er war so scheußlich, wie ich es mir nie hätte vorstellen können. Mit aller Macht musste ich gegen den Brechreiz kämpfen, der mich auf die Knie zwang. Ich lag keuchend im Schuppen, mein Herz schlug immer härter gegen die Brust. Protestierte gegen das, was ich vorhatte, gegen das Gift, das sich in meinem Magen breitmachte.

Bald, bald ist es vorbei, habe ich gedacht. Ich würde frei sein. Erlöst. Meine Liebe alleine zurücklassen. Aber wahrscheinlich war das besser so. Diese Blicke.

„Was treibst du da?" Vater verpasste mir einen Tritt in die Seite. „Mitten am Tag faul herumliegen? Hast du nichts zu tun?" Er bückte sich und hob die Kanne auf, die neben mir lag. „Was hast du da?"

Mit zusammengekniffenen Augen versuchte er das Etikett zu lesen. Seine Augen waren immer schlechter geworden. Trotz all seiner Gebete.

Ich sah ihn vor mir wie durch einen grauen Schleier. Groß, hager, ausgemergelt. Empfindungslos wie ein Stück Holz. Beseelt von seinem Glauben, seinen Gesetzen. Und er war stark. Seine Hände unerbittlich, wenn er Gottes Willen kundtun musste.

„Was willst du damit?", fragte er.

Ich fühlte mich wie in Watte gepackt. Alles schien sich langsam zu entfernen. Ich hatte das Gefühl zu schweben, als ich mich aufrappelte.

„Das Unkraut, hinten bei den Tomaten", sagte ich und hörte mir dabei von außerhalb meines Körpers zu.

„Das ist nicht deine Aufgabe, deine Mutter muss sich darum kümmern." Er stellte die leere Kanne zurück ins Regal. „Du wirst dich jetzt um die Kartoffeln kümmern. Hast du verstanden?"

„Ja, Vater", sagte ich und wankte davon. Durch den Nebel, der mich umgab und begleitete.

Mein Körper wollte wieder nicht sterben. Er ließ mich am Abend essen und trinken. Er ließ mich eine Stunde auf den Knien meine Gebete sprechen. Er ließ mich zu Bett gehen und schlafen. Schickte mir wirre, beängstigende Träume, in denen ich vergeblich meine Liebe zu beschützen versuchte.

Ließ mich am anderen Morgen neu erwachen. Totenbleich, mit schwarzen Ringen unter den Augen und zitternden Gliedern. Mit heftiger Übelkeit und Schwindel. Mein Leib schaffte nach und nach das Gift aus meinen Zellen. Regenerierte sich. Er wollte, dass ich blieb. Denn ich hatte eine Aufgabe.

Es war und ist meine Bestimmung.

Ralf Braun stand auf dem Hof vor dem Bauernhaus und betrachtete das verbrannte Gebälk. Vor seinen Augen loderten die Flammen in den Nachthimmel. Er konnte das Krachen und Knirschen hören, während sie sich immer tiefer in das Haus fraßen wie gierige Raubtiere. Unersättlich, gnadenlos.

Er konnte den beißenden Qualm in den Augen spüren. Die Tränen, die ihm die Sicht getrübt hatten.

Er ging auf die Eingangstür zu und blickte zu Boden.

Hier hatte sie gelegen. Lisa, die junge Mutter. Auf dem Bauch, der Schädel zertrümmert, die Arme ausgebreitet, als hätte sie versucht zu fliegen. Sie hatte zu fliehen versucht, nachdem sie ihren Sohn entdeckt hatte. Doch sie war nicht schnell genug. Sie war sofort tot gewesen.

Ralf betrat das Haus. Die Wände des Flurs waren eingestürzt, zerbröckelt. Schutt nach all den Jahren.

Hier hatte Benjamin gelegen. Er war nur zwei Jahre alt geworden.

Ralf Braun blieb stehen wie festgefroren. Betrachtete den Blutfleck auf dem Boden, der längst verblichen war. Kaum mehr zu sehen. Ein Windstoß rüttelte an einem losen Fensterladen, und er drehte sich um. Ging langsam hinüber zum Stall, der damals vom Brand größtenteils verschont geblieben war, aber nun immer mehr verfiel.

Er schob das Tor auf, das knirschend nachgab.

Dort drüben. Die kleine Sabine. Sie hatte gerade die Ziege gefüttert, ihre Spielgefährtin. Das einzige Tier, das neben den Hühnern noch nicht verkauft worden war. Die Ziege war mit weiten Sprüngen davongerannt.

Verschwunden.

Wie alle und alles hier. Was geblieben war, war eine abscheuliche Geschichte, die man sich auch heute noch manchmal erzählte.

Und er, er war zu einem Gespenst geworden. Das wieder und wieder zurückkehren musste. An diesen Ort, an dem die Vergangenheit eingeschlossen war wie ein Insekt in einem Bernstein.

Für alle Zeiten.

Er ging langsam bis ans Ende des Stalls. Das Gitter des Schweinepferchs hing schief in den Angeln. Er schlüpfte hindurch, obwohl er das eigentlich nicht wollte. Er wollte gar nicht hier sein. Aber er musste es tun. Nachschauen, ob es noch da war. Er ging in die Knie, wie er es schon unzählige Male getan hatte, und hob eine Planke an.

Noch da.

Alles in Ordnung.

Als er sich mühselig aufrichtete, fiel sein Blick auf einen Gegenstand, der in einer Ecke lag.

Der nicht hierher gehörte.

Grausige Funde

„Hörst du das?", zischelte Bombe. „Was treibt er da drin?"

„Keine Ahnung", flüsterte Timmy. „Es klingt, als ob er was herumschiebt. Was aus Holz."

Sie spähten um die Hausecke, hinter der sie in Deckung gegangen waren, und spitzten nervös die Ohren.

Sie hatten es mit der Angst bekommen, als sie Herrn Braun beobachtet hatten. Irgendwie schien er gar nicht mehr er selbst zu sein. So, wie er sich bewegt und dann die längste Zeit vor sich hingestarrt hatte, als würde vor seinen Augen etwas nur für ihn Sichtbares geschehen.

Unheimlich.

„Er verhält sich wie die Leute in dem Film, wo sich Aliens in ihren Köpfen eingenistet haben und ..."

„Ach, hör auf damit", schnitt Timmy Bombe das Wort ab. Es war alles schon aufregend genug, da brauchte es nicht noch eine Schauergeschichte.

Sie zuckten zurück, als Herr Braun den Stall verließ und das Tor wieder zuschob. Er sah sich noch einmal um, dann verließ er den Hof Richtung Wald.

„Was machen wir jetzt?", fragte Timmy aufgeregt.

„Das ist ja wohl klar", sagte Bombe. „Wir gehen da rein. Vielleicht hat er Nele da drin eingesperrt."

Sie rannten über den Hof und stemmten das Tor so weit auf, dass sie hineinschlüpfen konnten.

Es war ziemlich düster. Kein Wunder, denn langsam senkte sich die Nacht über das Land.

„Ich mach dir eine Räuberleiter, dann kannst du das Fenster aufstemmen", sagte Freddy und verschränkte die Hände.

Endlich waren die Kinder abgezogen und die Luft schien rein.

Steffi stellte den Fuß in seine Hände und zog sich hoch. Es war ein Klappfenster, das von innen an einem Riegel in Position gehalten wurde.

Sie fummelte daran herum. „Hab's gleich", flüsterte sie.

Freddy war erleichtert, als sie sich bäuchlings durch das Fenster schob. Sie war doch schwerer, als er gedacht hatte. Er hielt sich am Rahmen fest, zog sich hoch und krabbelte ihr nach.

„Du meine Güte", sagte Steffi.

Im Inneren des Wohnwagens sah es völlig anders aus, als sie es erwartet hatte. Warum eigentlich? Weil der Wohnwagen von außen so alt, schmutzig und schäbig aussah?

Drinnen war alles penibel aufgeräumt. Und sauber geputzt, es roch sogar nach Putzmitteln.

Aber was beide aus der Fassung brachte, waren die Fotos und Zeitungsausschnitte. Die ganzen Wände und sogar die Decke waren damit tapeziert.

„Was ist das denn für Zeug?", stammelte Freddy.

Sie traten näher an die Fotos und Artikel heran. Längst verblichen und in dem spärlichen Licht kaum zu entziffern.

Grausame Morde auf einem idyllischen Bauernhof.

Eine ganze Familie ausgelöscht.
Die Tat eines Wahnsinnigen.
Mörder immer noch nicht gefasst.

So lauteten die meisten Schlagzeilen. Darunter sah man die Fotos des halb abgebrannten Hauses. Und vergilbte Aufnahmen einer Familie.

Eine junge Frau mit langen Haaren, die schüchtern in die Kamera blickte. Auf dem Arm einen kleinen Jungen, der an einem Schnuller nuckelte. An ihre Seite kuschelte sich ein kleines Mädchen, das verlegen lächelte. Hinter ihnen stand ein Mann. Er trug einen dichten Bart, so dass man nicht sehen konnte, ob er lächelte. Seine Hände lagen auf den Schultern der Frau.

Überall hingen diese verblassten Fotos zwischen den Zeitungsartikeln.

Freddy und Steffi sahen einander an.

„Was denkst du", fragte Steffi unwillkürlich flüsternd. „Der Mann auf den Fotos. Ist das Herr Braun, als er jung war?"

„Keine Ahnung. Mit den langen Haaren und dem Gestrüpp im Gesicht ist das schwer zu sagen. Aber doch …" Er rückte noch näher an eines der Fotos und kniff die Augen zusammen. „Es könnte gut sein. Doch er ist es!"

„Ja, das denke ich auch", sagte Steffi, und ihre Stimme zitterte ein wenig. „Weshalb sollte er denn sonst das ganze Zeug aufbewahren und hier aufhängen?" Sie deutete an die Decke. Auch sie war beklebt mit Zeitungsartikeln und dem Familienfoto. „Das ist doch nicht normal so was."

Nein, war es nicht. Außer, wenn man verrückt war und seine Familie umgebracht hatte.

„Nele!", rief Timmy. „Nele, bis du hier drin?"

Etwas schoss dicht an Bombes Kopf vorbei, und er schlug kreischend um sich.

„Hör auf!", sagte Timmy und konnte sich ein Grinsen nicht verkneifen. „Das war doch bloß eine Schwalbe. Siehst du?" Er zeigte nach oben. „Dort ist alles voller Schwalbennester, und eine hat den Schreck ihres Lebens bekommen."

„Mann! Ich auch!", schimpfte Bombe.

„Nele! Nele?", brüllte Timmy.

„Hör auf damit", sagte Bombe, der sich wieder gefasst hatte. „Das bringt doch nichts. Wir müssen suchen. Nach irgendwelchen Hinweisen. Nach einem Versteck. Und zwar dalli. Bald wird es noch dunkler, und wir können gar nichts mehr sehen!"

Timmy verkniff sich die Bemerkung, dass es als Chef der Gang seine Aufgabe gewesen wäre, an eine Taschenlampe zu denken.

Langsam schritten sie durch den Stall und sahen sich um. Aber es gab kaum was zu sehen. Ein altes Gemäuer, leere Koben, nicht mal mehr nach Mist oder Gülle roch es.

„Vielleicht gibt es irgendwo eine Falltür, vielleicht hat er Nele da unten?", sagte Bombe, und sie begannen noch´ mal von vorne. Aber wieder nichts. Kein Ring oder Scharnier auf dem Boden, kein Hinweis, dass es unter dem Stall noch einen Keller gab.

„Mist", sagte Timmy und kratzte sich frustriert den Kopf. „Hier ist rein gar nichts."

Bombe wollte nicht aufgeben. „Aber es muss was da sein! Wir haben doch gehört, wie er hier rumort hat. Irgendwas mit Holz!"

Timmy sah sich um. „Da, dahinten, die Wand ist aus Holz. Aber dahinter kann man doch keinen Menschen verstecken."

„Aber vielleicht sonst was", sagte Bombe und machte sich daran, die Holzlatten abzuklopfen.

Timmy tat es ihm nach, obwohl er es sinnlos fand. Er erschrak heftig, als Bombe wie elektrisiert aufschrie.

„Hier, schau mal, die ist gar nicht richtig befestigt. Hilf mir mal!"

Gemeinsam schoben sie ihre Finger in die Zwischenräume, und tatsächlich, das Brett ließ sich ganz leicht herausheben.

„Scheiße", entfuhr es Bombe, als sie sahen, was dahinter an der Wand hing.

Ich muss aufhören. Ich muss aufhören, mich zu quälen. Endlich hier weg. Alles hinter mir lassen. Loslassen.

Es waren immer die gleichen Gedanken, die ihn jeweils auf dem Rückweg begleiteten. Für Ralf Braun waren sie vertraut wie treue Hunde.

Er wusste, dass er das nicht konnte. Fortgehen. Es würde nichts bringen. Also würde er sich wieder in seinem Wohnwagen verkriechen, einen Schnaps nach dem anderen trinken und darauf hoffen, dass auch seine Dämonen mit ihm in den Tiefschlaf fielen.

In der Ferne konnte er bereits die Lichter des Campingplatzes aufblitzen sehen.

Gleich bin ich zu Hause.

Er war sterbensmüde.

„Und was machen wir jetzt?", fragte Freddy. Er war völlig ratlos. „Gehen wir zur Polizei und erzählen ihnen, was wir gefunden haben?"

„Ich weiß nicht", erwiderte Steffi. „Was sollen wir denn sagen? Dass er seinen Wohnwagen mit alten Fotos und Zeitungen tapeziert hat? Das ist ja nicht verboten, oder?"

„Nein, sicher nicht", sagte Freddy. „Aber vielleicht nehmen sie ihn mal genauer unter die Lupe. Sowieso jetzt, wo doch Nele verschwunden ist."

„Vielleicht. Am besten warten wir, bis Bombe und Timmy zurück sind. Vielleicht haben die ja noch irgendwas herausgefunden."

„Gute Idee", sagte Freddy, erleichtert über die Aussicht, dass er keine Entscheidungen treffen musste. „Wir sollten jetzt sowieso schnellstens abhauen, wahrscheinlich kommt er bald zurück."

„Ja, los!"

Freddy wollte durch das Fenster krabbeln, als der Stützhebel auf der Seite nachgab und das Fenster mit einem Knall zufiel.

„Jetzt mach schon", schimpfte Steffi, die ungeduldig hinter ihm von einem Bein auf das andere trat.

„Geht nicht", jammerte Freddy.

„Was, was geht nicht?"

„Das Fenster! Es hat sich irgendwie verkeilt, ich krieg es nicht mehr auf!"

Steffi schnappte entsetzt nach Luft.

Sie saßen in der Falle.

„Ist das … ist das …", stammelte Timmy.

„Die Axt", japste Bombe. „Das ist die Axt, mit der er sie umgebracht hat! Deshalb hat man sie nie gefunden. Er hat sie hier drin versteckt. Was für ein gerissener Hund, wer hätte das gedacht."

Timmy fühlte sich elend. Dann war es also wahr. Der nette Herr Braun war der Axtmörder. Plötzlich begannen seine Beine zu zittern.

„Meine Mom! Ich muss meine Mom vor ihm warnen!", schrie er. Der Gedanke, dass dieser Mann vielleicht plötzlich wieder durchdrehen und auf die Leute – seine Mom! – losgehen könnte, versetzte ihn schlagartig in Panik.

„Hoffentlich sind Steffi und Freddy nicht mehr im Wohnwagen. Wenn der die erwischt …", sagte Bombe.

Erschrocken sahen sie einander an. Bombe packte die Axt. „Die nehme ich mit. Die bringen wir der Polizei."

„Jetzt komm schon", brüllte Timmy. „Lauf! Wir müssen ihn überholen und vor ihm da sein!"

Sie rannten los. Aus dem Augenwinkel nahm Timmy noch etwas wahr, das in einer Ecke auf dem Boden lag. Es kam ihm irgendwie bekannt vor.

Aber das war im Moment vollkommen unwichtig.

Sie mussten seine Mom und Steffi und Freddy warnen.

Vor dem Mann, der ein schreckliches Geheimnis hatte.

Ein Donnern schreckte Nele auf. Aber das war kein Gewitter. Es waren Füße, die über den Deckel ihres Gefängnisses trampelten.

Nur eine Sekunde lang. Dann waren sie fort.

Doch das spielte kaum noch eine Rolle.

Sie hatten alles versucht. Aber das Fenster ließ sich nicht mehr öffnen. Freddy hatte bei dem Versuch, das Scharnier auszuhebeln, einen Löffel verbogen.

Nun saßen sie nebeneinander wie zwei Häufchen Elend auf dem Bett. Vor der Tür hing das Vorhängeschloss. Sonst gab es nur noch drei schmale Luken im Wohnwagen, durch die nicht einmal Steffi gepasst hätte.

„Was sollen wir denn sagen, wenn er kommt?", fragte Freddy todunglücklich. Er war sauer auf Bombe. Und auf sich selbst. Wie hatte er sich nur auf so eine hirnverbrannte Idee einlassen können!

„Keine Ahnung", erwiderte Steffi nervös. „Wir könnten vielleicht sagen, dass uns ein Ball durchs Fenster geflogen ist und wir ihn holen wollten?"

„Aha, und wo ist der Ball?"

„Dann haben wir uns eben getäuscht?" Steffi betrachtete die Decke über ihnen. Die Fotos sahen im Dämmerlicht wie schwarze Flecken aus.

„Pscht, hörst du das?", flüsterte Freddy.

Sie fassten sich ängstlich an den Händen.

Jemand machte sich am Türschloss zu schaffen.

Bombe schnaufte wie ein Walross, und Timmy japste nach Luft, als sie auf dem Zeltplatz ankamen. Sie waren wie die Irren durch den Wald geprescht. Hatten sich Arme und Beine zerkratzt und eine Abkürzung über eine Wiese genommen, die voller Brennnesseln war. Sie hatten es kaum gespürt.

Schon von weitem hatten sie gesehen, dass in Bombes Zelt kein Licht brannte. Trotzdem hoben sie die Plane hoch und spähten hinein.

„Mist, sie sind nicht da", keuchte Bombe. Mit der Axt in der Hand sah er aus wie ein zu klein geratener Wikinger.

„Dann müssen wir zum Wohnwagen!"

Mach, dass sie nicht mehr da drin sind, betete Timmy. Mach, dass sie da weg sind!

Ralf Braun tastete nach einem Schalter, und zwei kleine Schirmlampen flammten auf. Fassungslos sah er die beiden Kinder an, die mit bleichen Gesichtern auf seinem Bett saßen.

„Was zum Teufel …" Sein Blick schweifte durch den Wohnwagen, und eine kalte Hand legte sich um sein Herz.

Sie haben es gesehen, sie haben alles gesehen!

„Hallo, Herr Braun, wie geht's?"

Er fuhr herum. Hinter ihm standen Timmy und Bombe. Völlig verschwitzt und außer Atem. Bombe hielt die Arme hinter dem Rücken und zappelte herum, als stände er auf glühenden Kohlen.

„Was … was soll das? Was macht ihr hier?", fragte Ralf Braun verwirrt.

Timmy sah ihn ernsthaft an: „Haben Sie vielleicht Steffi und Freddy irgendwo gesehen? Wir spielen nämlich Verstecken, aber wir können sie nirgends finden, und jetzt ist es uns zu blöd geworden."

„Ja, genau. Zu blöd", bekräftigte Bombe und nickte eifrig.

Ralf Braun stand mit einem Fuß auf dem Trittschemel in der offenen Tür und warf einen Blick auf die Kinder in seinem Wohnwagen. Die immer noch wie angenagelt dahockten und keinen Pieps von sich gaben.

Lügen! Sie lügen mich an!

„So, so, Verstecken", murmelte er. „Und was versteckst du da hinter deinem Rücken? Lass doch mal sehen."

„Äh, gar nichts", stotterte Bombe käsebleich.

„Tatsächlich?"

Es ging so schnell, dass sie gar nicht reagieren konnten. Er packte sie, und ehe die Kinder den Mund aufmachen konnten, um zu schreien, lagen sie im Wohnwagen auf dem Boden.

Hinter ihnen fiel die Tür zu, und Timmy konnte aus den Augenwinkeln sehen, wie eine große Hand nach der Axt griff, die Bombe beim Sturz entglitten war.

Wie spät ist es eigentlich? Halb elf. Vielleicht sollte ich versuchen zu schlafen. Julia ließ sich auf die Bettkante fallen und starrte auf ihr Telefon.

Ein weiterer Tag war vergangen ohne Nachricht von Nele.

Julia hatte nun doch bei der Polizei angerufen. Man hatte sie nicht ausgelacht, wie sie befürchtet hatte. Im Gegenteil. Man hatte ihr geduldig zugehört, alles notiert, aber wie erwartet freundlich erklärt, dass es vorläufig keinen Grund gab, irgendetwas zu unternehmen.

Es handelte sich um eine erwachsene Frau, die anscheinend beschlossen hatte, ein neues Leben zu beginnen.

Hatten Sie Streit mit Ihrer Freundin, hatte man sie gefragt. Die Hintergedanken konnte Julia förmlich hören. Dass sie sich zerstritten hätten und Nele deswegen den Kontakt mit ihr einfach abgebrochen hatte. Solche Dinge kamen vor, doch wie hätte Julia ihnen begreiflich machen können, wie nah sie einander standen. Dass Nele ihr das niemals antun würde.

Sie solle sich wieder melden, falls es Neuigkeiten gebe. Und vor allem Neles Eltern informieren, weil es doch durchaus möglich war, dass Nele mit ihnen Kontakt aufgenommen hatte.

Alles logische Argumente. Die niemals stimmen konnten! Aber nun würde sie es wohl doch bald tun müssen. Neles Eltern anrufen und in Sorge versetzen.

Julia seufzte tief. Sie hatte das ganze Haus auf den Kopf gestellt. Ergebnislos.

Ich kann jetzt unmöglich schlafen, dachte sie und stand wieder auf. Ich werde mir noch ein Glas Wein genehmigen und mich damit in den Garten setzen. Vielleicht ist es draußen endlich etwas kühler geworden.

Die Hitze im Schlafzimmer machte jedem Backofen Konkurrenz.

„Bitte tun Sie uns nichts", sagte Steffi mit leiser Stimme. „Wir wollten …, wir hatten nichts Böses vor. Lassen Sie uns doch einfach raus. Bitte."

„Wo habt ihr die Axt her?"

„Gefunden", erwiderte Bombe und versuchte, seine Angst im Zaum zu halten. Er war schließlich der Anführer.

Inzwischen kauerten sie alle vier dicht aneinander gedrängt auf dem Bett.

„Gefunden? Einfach so?"

Timmy und Bombe sahen einander an. Sollten sie die Wahrheit sagen? Dass sie ihn beobachtet und verfolgt hatten?

Auf keinen Fall!, dachte Timmy. Vielleicht kamen sie ja noch irgendwie heil aus der Sache raus.

Herr Braun blickte auf sie herab. Man konnte förmlich sehen, wie es hinter seiner Stirn arbeitete. Er drehte die Axt in den Händen hin und her. Hin und her. Und die Kinder starrten wie hypnotisiert auf die rostige Schneide.

Oder war das getrocknetes Blut?

„Bitte, Herr Braun", versuchte es Timmy.

Im Wohnwagen war es drückend heiß. Doch es war nackte Angst, die ihm den Schweiß aus den Poren trieb.

„Seid still jetzt!" Zorn und Verzweiflung loderten in Herrn Brauns Augen, und die Kinder versuchten unwillkürlich, sich ganz klein zu machen.

„Haltet den Mund." Die Axt wippte in seiner Hand auf und ab. „Ich muss nachdenken. Also haltet die Klappe. Wenn ich nur den geringsten Mucks von euch höre … dann …"

Er drehte sich um und stieg aus dem Wohnwagen.

An der Tür rastete das Vorhängeschloss ein.

Sie hörten, wie er sich draußen auf den Trittschemel plumpsen ließ. Und dann ein seltsames Geräusch.

„Weint er?", flüsterte Timmy fassungslos.

Ein Schritt zu weit

Meine Liebe hatte mich verlassen. Der letzte Kuss war so süß gewesen, so schmerzlich. Ich konnte es nicht begreifen. Wir waren doch eins? Danach verbrachte ich Tage, Monate, Jahre in der Dunkelheit. Ertrug, was nicht zu ertragen war. Die völlige Einsamkeit und Leere. Und die Strafen des Herrn.

Eines Tages habe ich zurückgeschlagen. Mit voller Wucht mitten in sein Gesicht. Blut spritzte aus der Nase meines Vaters, und Mutter fielen die Teller aus den Händen, die sie eben aus dem Schrank geholt hatte.

Wir standen in der Küche, als hätte jemand die Zeit angehalten. Reglos.

Mein Körper wollte sich reflexartig zusammenkrümmen. Klein machen.

Aber ich hielt stand. Nur einen Schritt dem Vater gegenüber, dessen Miene in Fassungslosigkeit entgleist war, während Blut auf sein weißes Hemd tropfte und rote Blumen darauf erblühen ließ.

„Du bist des Teufels!", kreischte Mutter. „Du bist ja besessen! Wie kannst du es wagen, die Hand gegen deinen Vater zu erheben!"

Ich rührte mich nicht. War bereit, mich zu wehren, sollte er wieder auf mich losgehen. In mir brodelte ein solcher Zorn, ein unbändiger, alles verschlingender Hass, dass ich es mir geradezu wünschte. Wahrscheinlich würde er mich totschlagen oder so schwer verletzen, dass ich nicht einmal mehr kriechen konnte. Aber das war mir egal.

„Schluss damit!", fauchte ich ihn an, und er wich unwillkürlich einen Schritt zurück, als er mir in die Augen sah. „Du wirst mich nie wieder anrühren, hast du das verstanden!" Die letzten Worte spie ich ihm regelrecht ins Gesicht.

„Du wirst in der Hölle schmoren, du gottloses Balg", sagte er, und seine Augen glitzerten triumphierend. „Dafür wirst du endlos Buße tun. Der Herr wird über dich richten." Er glaubte an das, was er sagte.

„Der Herr vielleicht, aber du nicht!" Ich zitterte am ganzen Körper vor Verachtung.

„Lass mich deine Wunde versorgen", sagte Mutter und zog ihn mit sich aus der Küche. An der Tür drehte sie sich noch einmal um und sah mich an, als wäre ich irgendein hässliches Getier, das aus einem Sumpf gekrochen war.

„Und du", sie zeigte mit dem Finger auf mich, „du bist nicht mehr unser Kind. Geh! Und möge der Herr dir gnädig sein."

Und das tat ich. Ich ging. Und machte mich auf die Suche nach meiner Liebe.

Ich wusste, was ich tun musste. Ich musste für uns eine neue Welt erschaffen. Eine Welt, in der es nur noch uns gab. Ein Leben in Freiheit.

Es war schwer. Ich stahl, hielt mich mit kleinen Jobs über Wasser. Schlief in den ersten Wochen auf Parkbänken und danach in verrauchten, muffigen Zimmern irgendwelcher Kommunen auf Matratzen. Mein Gesicht war eine Maske, ich trug lange Haare und passte mich an. Hörte Musik, die mir Kopfschmerzen bereitete, und tanzte dazu. Inmitten junger Leute, die das Leben feierten. Schamlos durcheinander schliefen und keine Sünde kannten. Ich konnte das nicht verstehen. Sie faselten von Liebe, aber das war keine Liebe. Sie verhielten sich wie Tiere in der Paarungszeit, und ich versuchte, mir meinen Ekel nicht anmerken zu lassen.

Nach ein paar Jahren hatte ich eine Ausbildung gemacht, bekam einen guten Job, wo man mich schätzte und meine Zuverlässigkeit lobte. Ich hatte eine hübsche, kleine Wohnung, wo ich tun und lassen konnte, was ich wollte.

Und ich fand meine Liebe wieder.

Endlich war ich glücklich.

Bis sich wieder liederliche Schlampen – Huren! – in unser Leben drängten, die unsere reine Liebe zerstören wollten.

Ich musste etwas dagegen tun.

Und ging einen Schritt zu weit.

Die Toten und das Feuer

Ralf Braun saß vor seinem Wohnwagen, das Gesicht in den Händen vergraben. Die Tränen waren versiegt. Er war zutiefst erschöpft.

„Hallo Ralf, haben Sie vielleicht die Kinder irgendwo gesehen?"

Er hob den Kopf. Vor ihm stand Eva. Sie sah besorgt aus.

„Ich lasse meinem Sohn ja jetzt vieles durchgehen, schließlich sind immer noch Ferien. Aber wir haben abgemacht, dass er spätestens ab zehn Uhr in seinem Zelt bleiben muss, und jetzt ist es schon elf. Ich will nicht, dass er um diese Zeit noch herumstreunt."

Im Wohnwagen hielten die Kinder den Atem an. Timmy riss den Mund auf und wollte rufen. Aber Bombe legte ihm die Hand über die Lippen.

„Pscht, keinen Ton, oder willst du, dass er ausflippt?"

Nein, das wollte Timmy ganz gewiss nicht, also schwieg er. Auch wenn es kaum auszuhalten war.

Seine Mom! Direkt vor der Tür!

„Setzen Sie sich doch einen Moment zu mir", hörten sie ihn sagen. „Da, der Klappstuhl ist stabiler, als er aussieht."

„Ich wollte eigentlich … aber ja, warum nicht, ein paar Minuten kann ich schon bleiben."

„Eva, was wissen Sie eigentlich über mich?", fragte Ralf Braun.

Eva blinzelte verwirrt. Was soll denn jetzt diese Frage, dachte sie.

Im Schein der Lichterkette, die ein paar Meter entfernt an den Bäumen hing, wirkte sein Gesicht sehr alt. Alt und eingefallen.

„Na ja", erwiderte sie. „Eigentlich nur das, was alle wissen. Dass Sie irgendwann mal aus der Stadt geflüchtet sind und seitdem in diesem Wohnwagen leben. Und …", sie lächelte ihn an, „… dass Sie der freundlichste und hilfsbereiteste Mensch sind, den ich kenne. Ich habe es Ihnen ja schon oft gesagt, ich wüsste nicht, wie ich das alles hier ohne Ihre Unterstützung schaffen könnte. Ich muss ehrlich sein, ich habe mir diesen Job viel zu leicht vorgestellt, ich habe mich total überschätzt. Obwohl … ich glaube, nicht mal der Bürgermeister hat sich in seinen kühnsten Träumen vorgestellt, wie gut es laufen wird."

„Ja, alle haben erwartet, dass höchstens ein paar junge Leute mit ihren Zelten anrücken."

„Es hat sich unglaublich schnell herumgesprochen, was das hier für ein idyllisches Fleckchen ist", sagte Eva und schüttelte den Kopf. „Social Media sei Dank!"

„Ich würde Ihnen gerne etwas über mich erzählen", sagte Ralf und erhob sich. „Aber zuerst möchte ich noch die Tür aufmachen, damit die Hitze aus dem Wohnwagen zieht. So können wir alle ruhig sitzen bleiben." Die letzten Worte sprach er laut ins Innere des Wohnwagens.

„Was möchten Sie mir denn erzählen?", fragte Eva. Sie fand, dass er sich ziemlich seltsam verhielt. So kannte sie ihn eigentlich gar nicht.

„Weshalb ich hier bin. Warum ich einfach nicht fortgehen kann. Es hat etwas mit dieser Axt hier zu tun."

Erst jetzt bemerkte Eva das Schlagbeil, das neben ihm im Gras lag, und geriet noch mehr in Verwirrung.

„Aber was hat eine Axt ...“

„Schuld. Ich trage eine schwere Schuld, für die es keine Vergebung gibt. Ich bin schuld am Tod einer jungen Mutter und ihrer beiden Kinder ...“

... Lisa Rutz beobachtete durch das Küchenfenster ihren Mann Torsten, der den Hühnern über den Hof hinterherjagte. Er kreischte vor Lachen und ruderte wild mit den Armen, um nicht das Gleichgewicht zu verlieren. Die Hühner schlugen laut gackernd mit den Flügeln, Staub wirbelte auf, und Torsten bekam einen Hustenanfall.

Er stützte sich auf die Knie und rang nach Atem. „Kommt doch zu Papa, meine Süßen“, rief er. „Lasst uns mal eine Runde schmusen. Gack, gack, gack!“

Dann lachte er wieder laut auf, und Lisa lief ein Schauer über den Rücken. Jeden Tag machte ihr Mann ihr mehr Angst.

Er war schon immer etwas eigenartig gewesen. Sie hatte es auf die Drogen geschoben, die er früher regelmäßig genommen hatte, doch seit ihrer Heirat und der Geburt ihrer Tochter Sabine vor vier Jahren nicht mehr konsumierte. Das hatte er beteuert, und sie hatte ihm geglaubt.

„Ich werde für unser Bienchen der beste Vater der Welt sein“, hatte Torsten gesagt und sie überglücklich angestrahlt.

Sie war so verliebt gewesen, so glücklich und hatte die seltsamen Dinge, die er manchmal tat, einfach von sich geschoben. Nicht zugehört, wenn er wieder völlig verrückte Sachen sagte.

Und nachdem Benjamin auf die Welt gekommen war, hatte es nach einer wunderbaren Idee geklungen, ein neues Leben auf dem Land zu beginnen. In einer Idylle fernab von der Welt und all ihren Problemen.

„Schluss! Ende! Ich brauche keinen Chef mehr!", hatte Torsten geschrien. Völlig aus dem Häuschen vor Begeisterung über die unerwartete Erbschaft. „Ich werde uns ab jetzt mit meinen eigenen Händen ernähren!"

Wie dumm und naiv war sie doch gewesen! Sie hätte es wissen müssen. Torsten war gar nicht in der Lage, irgendetwas zu Ende zu bringen. Er fing tausend Sachen an, um sich dann schnell wieder anderen Dingen zuzuwenden. Deshalb hatte er auch noch jeden Job verloren, den er gehabt hatte.

Er ist krank!

Das hätte sie längst einsehen müssen. Und es wurde jeden Tag schlimmer. Die Arbeit auf dem Hof wuchs ihnen über den Kopf. Lisa schuftete wie eine Verrückte, aber die beiden Kleinen waren ja auch noch da. Sie konnte sie nicht einfach irgendwo hinsetzen und ihrem Schicksal überlassen, während sie sich um das Vieh, die Obstbäume, das Gemüse und den Acker kümmerte.

Das Geld, das sie für den Verkauf der Kühe bekommen hatten, schmolz wie der Schnee im Frühling. Es gab nichts, was sie ernten konnten, Lisa musste im Dorfladen anschreiben lassen.

Und Torsten verhielt sich immer sonderbarer. Wenn sie in seine Augen blickte, konnte sie ihn darin gar nicht mehr finden. Er brabbelte verrücktes Zeug, rannte durch die Gegend und beschwor irgendwelche Götter. Fluchte und brüllte herum. Lachte über Dinge, die nur er sehen konnte.

Manchmal rief Lisa in ihrer Verzweiflung ihren Bruder an, um sich etwas Geld zu leihen. Oder um sich mal auszuweinen. Sie tat es nur ungern, denn Ralf war gegen diese Heirat gewesen. Er hatte Torsten vom ersten Augenblick an abgelehnt.

„Lisa, lass es sein, such dir einen anderen", hatte er gesagt. „Mit dem Kerl stimmt etwas nicht."

Aber da war sie schon mit Bienchen schwanger gewesen. Und konnte echte Liebe nicht Berge versetzen? Alles heilen und in Ordnung bringen?

Nein, konnte sie nicht. Das wusste Lisa jetzt. Nicht, wenn jemand ernsthaft krank war. Unerreichbar in einer Welt voller Monster und Götzen lebte und ihnen mit schiefgelegtem Kopf und leerem Blick zuhörte.

„Ich bring euch um, ich mach euch fertig, ihr dreckigen Luder!", brüllte Torsten nun die Hühner an. „Glaubt ihr, ihr könnt mich verarschen?"

Lisa zuckte zusammen, und Benjamin auf ihrem Arm sah mit großen Augen aus dem Fenster. „Papa", sagte er und deutete mit seinem Fingerchen auf ihn.

„Ja, Papa", erwiderte sie, obwohl sie sich dessen nicht mehr sicher war. Das da draußen hatte kaum mehr Ähnlichkeit mit dem Mann, in den sie sich verliebt und den sie geheiratet hatte.

Er rannte in den Stall und tauchte mit der Axt wieder auf. Brüllend warf er sie nach den Hühnern, die in alle Himmelsrichtungen davonstoben.

„Ich krieg euch! Ich krieg euch noch! Ich mach alle hier fertig, hört ihr mich? Alle! Denkt ihr, ich weiß nicht, was ihr vorhabt? " Er drehte sich im Kreis, wild mit der Axt fuchtelnd. „Ich werde euch zuvorkommen und euch fertigmachen. Hast du gehört, Lisa? Du steckst doch mit denen unter einer Decke!"

Und da erkannte Lisa, dass er endgültig den Verstand verloren hatte.

Sie hastete zum Telefon, und ein Stein fiel ihr vom Herzen, als Ralf nach dem ersten Klingelton abnahm.

„Ralf! Oh Gott, bitte, du musst herkommen. Torsten ... er dreht völlig durch! Ich habe Angst! Bitte, bitte, komm und hol uns!"

Benjamin begann auf ihrem Arm zu zappeln. „Papa", quengelte er. „Papa." Er wollte raus zu seinem Vater.

Lisa umfasste ihn noch fester. Oh Gott, wo steckt Bienchen? Der Gedanke schoss ihr siedend heiß in den Kopf.

„Wie stellst du dir das denn vor?", fragte Ralf hörbar genervt. „Ich stecke mitten in der Arbeit. Und was meinst du damit, er dreht durch? Er spinnt doch andauernd, das ist nichts Neues."

„Er brüllt herum, er sagt, dass er hier alle fertigmachen will. Und er hat eine Axt! Ralf, bitte, ich habe Angst. Er ist vollkommen verrückt geworden!"

Sie konnte Torsten schreien hören.

„Lisa? Lisa, wo bist du? Lisa, mein Schatz. Du Verräterin!"

„Na schön, ich komme so schnell ich kann. Hoffentlich bekomme ich keinen Ärger mit meinem Boss, wenn ich jetzt einfach abhaue. Familiäre Notfälle interessieren den nicht die Bohne."

„Danke, danke, Ralf. Bitte mach schnell!"

Sie legte auf, rannte zur Tür und schloss sie ab.

„Papa?", fragte Benjamin.

„Nein, mein Schatz. Wir müssen dein Schwesterchen suchen."

Aber Bienchen war nicht im Haus.

Sie war irgendwo da draußen. Wahrscheinlich im Stall bei ihrer Ziege. Schneewittchen, der einzigen Spielgefährtin, die sie hatte.

Ralf Braun griff nach seinem Autoschlüssel und sah sich unglücklich in seinem Büro um. Eigentlich hätte er noch tausend Dinge zu erledigen. Aber Lisa hatte panisch geklungen. Während er zum Büro seines Chefs eilte, überlegte er, was er sagen sollte. Er klopfte, riss die Tür auf, und sein Mund klappte auf.

Sämtliche Mitarbeiter der Abteilung hatten sich darin versammelt. Auf dem Konferenztisch standen Kuchen und Sektgläser.

Er hätte sich fast gegen die Stirn geschlagen. Er hatte völlig vergessen, dass der Chef anlässlich seines Geburtstags zu einer kleinen Feier geladen hatte.

„Da sind Sie endlich! Ich dachte schon, Sie hätten mich vor lauter Pflichtgefühl vergessen."

Ralf lächelte verlegen und nahm das Glas entgegen, das ihm sein Chef hinhielt.

Es blieb ihm nichts übrig. Wenigstens noch eine Weile musste er bleiben, sonst würde er seinen Unmut zu spüren bekommen.

„Ich wollte ohnehin noch mit Ihnen über unser neues Projekt reden", sagte sein Vorgesetzter. Er schien in leutseliger Stimmung zu sein. „Ich denke, nein, ich bin mir völlig sicher, dafür sind Sie genau der richtige Mann. Kommen Sie, setzen wir uns doch."

Ralf sank das Herz. Das konnte dauern.

Es war schon dunkel, als er über den Schotter der schmalen Straße zum Hof fuhr. Durch die Bäume des Waldes drang ein roter Lichtschein.

Was zum Teufel ist das?

Er gab noch etwas mehr Gas und umklammerte das Lenkrad. Bis auf die beiden Außenlampen des Hauses müsste es eigentlich dunkel sein.

Dann konnte er es riechen.

Feuer! Der Hof brannte!

Sein Herz raste, als er aus dem Auto sprang. Die Hitze der lodernden Flammen, die aus dem Dach züngelten, schlug ihm ins Gesicht.

„Lisa! Benjamin! Sabine!" Seine Stimme überschlug sich vor Panik.

Wo sind sie? Oh, Gott, sind sie noch da drin?

Er hetzte zur Haustür und schrie ununterbrochen nach ihnen. Beißender Qualm schlug ihm entgegen, als er die Tür aufschob.

Lisa!

Das Herz blieb ihm stehen, als er sie am Boden liegen sah. Er sank neben seiner Schwester auf die Knie, und die Welt hörte auf sich zu drehen.

Er musste sie nicht berühren, um zu wissen, dass sie tot war. Sie lag in ihrem Blut, an den Armen hatte sie tiefe Wunden, sie hatte wohl versucht, den Kopf zu schützen. Aber es hatte nichts genützt. Ihre Haare lagen in einer roten Lache.

Ralf versuchte, den Würgereiz zu unterdrücken, der in seiner Kehle aufstieg.

Die Kinder! Oh Gott, wo sind die Kinder? Bitte, ich flehe dich an, bitte mach, dass ihnen nichts geschehen ist. Das überlebe ich nicht!

Er wankte im dichten Rauch durch den Flur. Dann zersprang sein Innerstes in tausend Stücke.

Benjamin! Er lag da wie eine kleine Puppe.

Der Anblick war unerträglich, er zuckte schluchzend zurück. Er war kurz davor, den Verstand zu verlieren, als ihm seine Nichte einfiel.

Er blickte nach oben. Die alte Holztreppe stand bereits in Flammen, das ganze obere Stockwerk brannte. Es gab keine Möglichkeit hinaufzukommen. Und selbst wenn Bienchen da oben war, dann war sie längst tot.

Aber vielleicht war sie irgendwo da draußen? Hatte sich vielleicht versteckt vor dem Wahnsinnigen, der sie gezeugt hatte?

Sie ist erst vier Jahre alt, überlegte Ralf, aber sie ist ein sehr kluges Mädchen.

Ein winziger Hoffnungsschimmer keimte in ihm auf, und er rannte hinaus. Stieg über die Leiche seiner Schwester, die er im Stich gelassen hatte. Die vielleicht noch leben würde, wenn er sofort losgefahren wäre, anstatt vor seinem dämlichen Chef zu buckeln. Das würde ihn für den Rest seines Lebens begleiten.

Es war seine Schuld!

Seine Augen brannten, seine Lunge schrie nach Luft, als er über den Hof torkelte.

„Bienchen, Sabine, wo bist du?", rief er und sah sich verzweifelt um. „Ich bin's, Onkel Ralf! Komm zu mir! Bienchen!"

Eine helle Gestalt rannte an ihm vorbei und verschwand in der Dunkelheit. Das war die Ziege. Bienchens Liebling, der sie irgendeinen Namen aus einem Märchen gegeben hatte.

„Bienchen schläft! Bienchen schläft!"

Torsten stand in der Stalltür. Das Gesicht geschwärzt von Ruß, seine zerrissene Hose und das Shirt mit Flecken übersät. In der Hand hielt er eine Axt, und die Schneide drehte sich wie ein Propeller.

Blut. Das war das Blut seiner Schwester und seines Neffen!

„Nein!", kreischte Ralf und rannte auf ihn zu. Er wollte es nicht glauben. Es durfte einfach nicht wahr sein, dass er auch Bienchen getötet hatte.

„Du verfluchter Dreckskerl, du ... du ..." Er fand keine Worte, er konnte nur noch schreien.

„Was hast du denn? Jetzt geht es ihnen doch gut." Torsten schüttelte verständnislos den Kopf.

Ralf wollte sich auf ihn stürzen, aber Torsten war schnell und wich lachend ein paar Schritte zurück.

Ich muss es wissen! Ich muss es wissen. Vielleicht lügt er! Ralf stürmte in den Stall.

Zwei Schritte vor ihr blieb er stehen und übergab sich. Die ganze Welt drehte sich wie ein rasendes Karussell. Vor ihm tat sich ein Abgrund auf, aus dem es kein Entrinnen mehr gab. In dem er sterben würde.

Und das wünschte er sich.

Er wünschte sich, dass er auf der Stelle tot umfallen könnte. Wie sollte er mit diesen Bildern im Kopf weiterleben? Mit dem Wissen, dass es seine Schuld war?

„Du verfluchter Schweinehund! Du Monster, wie konntest du ihnen das antun? Deiner eigenen Familie?" Ralf schlug mit den Fäusten um sich, als könne er das Unfassbare irgendwie vernichten.

„Das war nicht meine Familie", hörte er Torsten sagen. „Nein, nein, ganz sicher nicht."

Ralf drehte sich nach ihm um und sah ihn an. Eine Gestalt wie aus einem billigen Horrorfilm, stand er in der Stalltür. Surreal. Und doch war es bittere Realität. Ralf stützte sich am Gitter des Kobens ab und richtete sich auf. Mit einem Mal wurde er ganz ruhig. Eiseskälte schien durch seine Adern zu strömen.

Ich bring ihn um, dachte er, und es schien ihm das einzig Richtige zu sein. Er darf nicht weiterleben.

Torsten musterte ihn misstrauisch.

„Bist du auch einer von denen?" Er kniff die Augen zusammen. „Ja, ja, jetzt sehe ich es!"

„Ja, ich bin einer von denen", erwiderte Ralf und ballte die Fäuste. „Und? Willst du mich jetzt auch umbringen? Dann komm nur her!"

Torstens Blick begann zu flackern. Unsicher trat er von einem Bein auf das andere, während er mit der Axt wedelte.

Ralf konnte sehen, dass er Angst hatte.

„Du feiger Hund", knurrte er. „Eine Frau und zwei kleine Kinder umbringen, das konntest du. War wahrscheinlich ganz leicht, was? Aber mal schauen, wie du es mit mir aufnimmst. Ich werde dich in Stücke reißen!"

Er stürzte sich auf ihn. Rasend vor Schmerz und einem grenzenlosen Hass. Sein Verstand blendete alles aus. Die Axt und die Kraft, die sein Schwager besaß, der ihn um einen ganzen Kopf überragte.

Torsten reagierte eine Zehntelsekunde zu spät. Die Schneide streifte nur über Ralfs Oberarm. Zerfetzte den Stoff und hinterließ eine Wunde, die nicht allzu tief war.

Torsten stürzte, als sich Ralf auf ihn warf. Ineinander verschlungen rollten sie wie zwei kämpfende Hunde über den Hof, der von den Flammen taghell beleuchtet war.

Prügelten aufeinander ein, versuchten sich zu beißen, zu würgen. Zu vernichten.

Auszulöschen!

Das war der einzige Gedanke, den Ralf noch hatte. Er war nicht mehr er selbst. Er war zu einem Tier geworden.

Plötzlich traf ihn ein Faustschlag, Ralf war für einen Moment benommen. Torsten ließ von ihm ab, sprang auf und zog sich außer Atem ein paar Schritte zurück. Eine schwarze Silhouette vor der Haustür, aus der die Flammen schlugen. Die Hände auf die Knie gestützt und nach Luft ringend.

Ralf sprang auf, raste auf ihn zu und versetzte ihm einen Fußtritt. Torsten stürzte rückwärts in die Flammen.

Ralf konnte ihn schreien hören.

Stirb, dachte er zu Tode erschöpft. Stirb endlich!

Er fühlte sich vollkommen leer. Alles, was er einmal gewesen war, schien für immer verschwunden zu sein.

Der Schock lähmte ihn, als Torsten auf unsicheren Beinen aus der Tür stolperte.

Eine lebende Fackel.

Das Shirt und seine Hose qualmten, seine Haare brannten, und mit weit aufgerissenem Mund, aus dem kein Laut drang, taumelte er davon. Die Axt fest umklammert.

Ralf starrte ihm nach. Er verschwand im Wald wie ein Wesen aus einem Albtraum. Das kann er nicht überleben …

„… das konnte er nicht überlebt haben", sagte Ralf. Seine Stimme war rau geworden.

„Mein Gott." Das war das Einzige, was Eva sagen konnte. Sie hatte ihm wortlos zugehört, völlig verstört von seiner Erzählung. Und immer noch fragte sie sich, warum er ihr das überhaupt erzählte.

„Man hat lange nach ihm gesucht", sagte Ralf. „Doch man hat ihn nie gefunden. Wahrscheinlich liegen seine Überreste noch heute irgendwo. Ich habe auch nach ihm gesucht. Die Axt habe ich gefunden. Ich weiß, ich hätte das melden müssen. Aber das wollte ich nicht. Ich habe sie gut versteckt. Vielleicht aus Angst, dass er doch wiederauftauchen könnte, was natürlich völliger Unsinn ist. Ich wollte nur, dass keine Menschenseele dieses Ding jemals wieder berührt."

„Irgendwie kann ich das verstehen", sagte Eva und dachte, dass sie wahrscheinlich den Verstand verloren hätte, wenn sie so etwas erlebt hätte.

„Ich habe danach jahrelang versucht, ein normales Leben zu führen." Seine Stimme klang müde. „Es ist mir nicht gelungen. Ich musste immer wieder zurückkommen, es war, als hätten mich meine Schuldgefühle in Ketten gelegt. Gefesselt an das Haus.

Dazu verdammt, mir immer wieder anzuschauen, was durch mein Versagen geschehen ist. Heute weiß man viel mehr über psychische Erkrankungen und was eine Drogensucht anrichten kann. Doch es ist auch heute noch so, dass man niemanden zwingen kann, sich helfen zu lassen. Und ich, ich habe nicht erkannt, wie schlimm es um ihn stand. Er hat das im Wahn getan. Damals nannte man solche Leute Spinner, Verrückte, und ging ihnen nach Möglichkeit aus dem Weg. So wie ich! Ich kann mir nicht verzeihen, und ich will auch nicht vergessen. Meine Schwester und die Kinder haben es nicht verdient, vergessen zu werden!" Er wischte sich über die Augen.

„Ich habe mir den Wohnwagen hingestellt, damit ich über das Wochenende eine Bleibe hatte. Und dann, vor ein paar Jahren, als mein Job wegrationalisiert wurde und ich in Frührente kam, bin ich ganz hergezogen. An manchen Tagen bringt es mich fast um. Aber dank Ihnen, Eva, habe ich in letzter Zeit viel mehr gute Tage." Er lächelte.

„Es tut mir so leid!", rief Timmy. Tränen strömten ihm über die Wangen.

Eva starrte ihren Sohn fassungslos an, der aus dem Wohnwagen hüpfte und die Arme um Ralf schlang. Hinter ihm tauchten seine Freunde auf.

„Mir tut es auch schrecklich leid", sagte Steffi und machte ein unglückliches Gesicht.

Bombe streckte Ralf die Hand hin. „Bitte entschuldigen Sie Herr Braun", sagte er zerknirscht.

„Was ist denn hier los?", rief Eva. „Was zum Kuckuck macht ihr um diese Zeit in seinem Wohnwagen?"

„Äh … also, das war so …" Freddy wand sich vor Verlegenheit.

„Wir dachten, dass er der Axtmörder ist und Nele entführt hat", sagte Steffi kleinlaut.

„Was?!" Eva traf fast der Schlag. „Wie kommt ihr denn auf eine solch verrückte Idee?"

„Weil er doch immer zum Geisterhaus geht", versuchte Bombe zu erklären.

Eva hatte bis zu diesem Tag noch nichts darüber gehört, aber das war kein Wunder. In der kurzen Zeit, seit sie hier war, hatte sie genug um die Ohren gehabt und keine Zeit für Dorftratsch.

„Wir haben ihn beobachtet und dann verfolgt", sagte Timmy. Seine Wangen brannten vor Scham. „Ich habe das aber nie so richtig geglaubt."

„Deshalb sind wir in seinen Wohnwagen eingebrochen." So, jetzt hatte sie es gebeichtet, doch Steffi fühlte sich kein bisschen besser.

„Ihr habt Ralf nachspioniert? Ihr seid bei ihm eingebrochen?" Eva konnte es kaum glauben. Was ging nur in diesen Kindern vor! Sie hatte angenommen, dass sie sich die Zeit mit Schwimmen und irgendwelchen harmlosen Spielen vertrieben. Stattdessen beschäftigten sie sich mit Mord und Entführung.

„Schimpfen Sie nicht, Eva", sagte Herr Braun, und die Kinder sahen ihn überrascht an. „Die Fantasie ist mit ihnen durchgegangen, und es stimmt doch. Ich habe mich in ihren Augen wirklich ziemlich verdächtig benommen."

„Aber das ist doch keine Entschuldigung für einen Einbruch!", ereiferte sich Eva.

„Doch, ich finde schon. Und sie haben ja gesagt, dass es ihnen leidtut, stimmt's, Kinder?"

Alle vier nickten eifrig.

„Na also", sagte Ralf Braun und tätschelte Steffi den Kopf. „Aber eine Bitte habe ich jetzt noch an euch."

„Ja?", fragte Timmy hoffnungsvoll. Sie hatten Herrn Braun mit ihren Verdächtigungen sehr verletzt. Er wollte das unbedingt wiedergutmachen. Irgendwie.

„Ihr kennt ja jetzt die traurige Wahrheit, aber es wäre schön, wenn ihr die Geschichte für euch behalten würdet. Sie ist hier im Dorf in Vergessenheit geraten, und wenn ihr jetzt herumerzählt, was ihr gehört habt, wird alles wieder aufgewühlt. Und die Leute würden mich anglotzen, versuchen, mich auszufragen. Ich möchte einfach nur meine Ruhe haben, versteht ihr das?"

„Großes Ehrenwort!", rief Bombe und hob die Hand. „Wir schwören, dass wir niemandem auch nur ein Wort erzählen! Stimmt's, Leute? Schwört!"

Ralf Braun konnte sich ein Grinsen nicht verkneifen, als alle vier mit erhobenen Händen vor ihm standen und einen feierlichen Schwur ablegten.

Eva schlug auf die Lehne des Klappstuhls und sprang auf. „Und ich schwöre, dass ihr mir nicht ungeschoren davonkommt!" Sie war zornig, und die Kinder zogen die Köpfe ein.

„Ab morgen werdet ihr Herrn Braun bei der Arbeit helfen. Ihr werdet den Abfall einsammeln und Besen und Scheuerlappen schwingen, auch in den Klos. Ihr werdet ihn beim Einkaufen begleiten und die Getränkekisten für ihn schleppen und …" Sie geriet außer Puste. „Ach, mir wird schon noch einiges einfallen!"

Bombe klappte der Mund auf. Arbeiten? In den Ferien? Er wollte etwas einwenden, doch Eva ließ ihn nicht zu Wort kommen. Sie war in Fahrt. „Steffi, mach, dass du schnellstens nach Hause kommst. Da solltest du ja schon längst sein. Und pass auf dich auf."

Steffi drehte sich ohne Widerrede um und eilte davon. Offenkundig erleichtert darüber, dass sie gehen durfte.

Eva zeigte auf Bombe und Freddy. „Ihr beide, Abmarsch! Ab ins Zelt!"

Die beiden Jungs zottelten mit hängenden Schultern davon.

„Und du mein Sohn", sagte sie, umfasste Timmys Kinn und sah ihm in die Augen. „Du holst jetzt den Wohnungsschlüssel und dein Fahrrad und fährst nach Hause. Du schläfst heute Nacht nicht im Zelt. Ich will nicht, dass ihr noch die Köpfe zusammensteckt und wieder irgendeinen Blödsinn aesheckt. Jetzt hört mir dieser Unsinn auf!"

„Aber Mom!"

„Nichts da, Mom. Du tust, was ich sage."

Timmy schlurfte betrübt davon.

Sie sah ihm nach, ihrem kleinen Jungen. Was hätte nicht alles passieren können. Was wäre wohl geschehen, wenn Ralf tatsächlich ein wahnsinniger Mörder gewesen wäre. Doch Gott sei Dank war das nur eine traurige Geschichte aus der Vergangenheit. Und der Mörder längst tot.

Es war eine schwüle Sommernacht. Trotzdem fröstelte sie.

Böse Worte

Wir hatten wieder Streit.

Haben uns angebrüllt. Mit bösen Worten verletzt.

Ich halte das nicht mehr lange aus. Wir drehen uns ständig im Kreis. Wieder und wieder. Alles Betteln und Flehen nützt nichts.

Es sind immer die gleichen Diskussionen, und ich fühle mich sterbensmüde. So sehr ich mich anstrenge, alles gebe, ich finde das Glück nicht. Den Frieden, den ich mir so sehr wünsche.

Langsam geht mir die Kraft aus, und mein Wille, noch länger so zu leben, wird schwächer.

Immer öfter gerate ich in Versuchung, all dem ein Ende zu machen.

Das kann ich nicht.

Noch nicht.

Denn manchmal bekomme ich ein Lächeln. Kann wieder Hoffnung schöpfen. Mich verlieren in diesen Augen und es ganz genau sehen.

Es ist noch Liebe da. Reine Liebe.

Und bin glücklich. Für kurze Zeit.

Bis ich wieder versinke. In Träumen und Erinnerungen. Zurückgeworfen werde in die Vergangenheit.

Als meine Liebe mich verraten hat. Mich tief verletzt und angeschrien hat, dass es genug sei. Dass ich krank sei!

Krank! Ich war nicht krank, ich habe alles nur getan, um uns zu schützen.

Und dieses Weib hätte es doch verdient gehabt!

Meine Welt ist zusammengebrochen, als sie mich mitgenommen haben.

Eingesperrt!

Viele Jahre lang.

Ich kann mich kaum noch an die Zeit erinnern. Die Tage und Nächte verbrachte ich in völliger Dunkelheit in meinem eigenen Kerker.

Sie wollten mit mir reden. Doch das ließ ich nicht zu. Das musste ich tun. Denn sonst hätte mich der Schmerz über meinen Verlust umgebracht.

Sie gaben mir Tabletten und Spritzen. Das war gut. Dann konnte ich wenigstens schlafen.

Ich erinnere mich, dass ich viele Bilder gezeichnet habe. Stundenlang. Mit schwarzer Kohle. Daran, wie meine Hände und mein Gesicht danach ausgesehen haben. Es hat mich zum Lachen gebracht.

Sie wollten mit mir über die Zeichnungen reden. Dumm und blind waren sie. Haben nichts verstanden.

Ich habe sie verachtet.

Die Zeichnungen habe ich in meinem Zimmer an die Wand geklebt. Eine neue Tapete, die ich stundenlang betrachten konnte. Denn die Bilder zeigten unsere Geschichte und halfen mir, nichts zu vergessen. Keine Stunde, keinen Augenblick.

Manchmal konnte ich in den Park. Immer an denselben Platz. Als ich ihn entdeckt habe, konnte ich es kaum glauben.

Ein kleiner Teich, über den eine riesige Trauerweide ihre Zweige fallen ließ, als wolle sie ihn beschützen.

Es war wie ein Wunder. Ein Zeichen! Und ich legte mich darunter ins weiche Gras, so wie damals unter den Baum am See. Unser geheimer Platz. Unsere Zuflucht.

Eines Tages erzählte man mir, dass Vater und Mutter tot sind. Umgekommen bei einem Autounfall.

Sie waren auf dem Weg zu mir gewesen. Hatten mich besuchen wollen.

Was für eine Ironie des Schicksals. Oder der beste Witz, den ihr Gott machen konnte?

Ich hätte mich auf sie gestürzt, wenn sie vor mir gestanden hätten. Sie eigenhändig umgebracht. Mein Hass war ungebrochen. Jeder Gedanke an sie ließ mich vor Wut zittern.

Ich fragte mich, was sie mit ihrem Besuch bezweckt hatten. Wollten sie sich an meiner Situation ergötzen? Mir erklären, dass Gott mich nun gestraft hätte? Mich zwingen, mit ihnen zu beten? Um Vergebung für meine Sünden, meinen Hochmut zu bitten?

„Vielleicht wollten sich Ihre Eltern bei Ihnen entschuldigen", sagte einer der Ärzte zu mir. „Vielleicht haben sie in ihren alten Tagen eingesehen, dass sie keine guten Eltern für Sie sein konnten."

Ich hätte ihn fast angespuckt. Wie konnte er es wagen! Was wusste er denn schon?

Nichts! Ein normaler Mensch konnte sich die Hölle, in der ich gelebt hatte, nicht vorstellen.

Diese Ärzte waren allesamt Idioten, die mich mit ihrem Geschwafel nur noch mehr hinter meine Mauern trieben. In meine Welt, zu der niemand Zugang hatte.

Doch dann bekam ich Besuch.

Von meiner Liebe. Und sah die Traurigkeit in den Augen. Wir hielten uns an den Händen, und ich wollte nicht mehr loslassen.

Doch ich war gefangen. Eingesperrt in einer Klinik, in der alle freundlich lächelten und rücksichtsvoll und verständnisvoll taten. Mich behandelten wie ein Kleinkind. Ein unartiges Kind, das noch nicht zwischen Gut und Böse unterscheiden konnte.

Dummköpfe.

Ich begann zu begreifen, dass ich etwas ändern musste, um eines Tages wieder mit meiner Liebe vereint zu sein.

Ich strengte mich an. Stülpte mir erneut eine Maske über. Wurde zu dem Menschen, den sie sehen wollten. Alles, was sie von mir erwarteten, tat ich.

Redete und redete. Erzählte ihnen alles, was sie von mir hören wollten. Und ich wusste genau, was sie hören wollten.

Dass ich begriffen hätte, was ich getan habe. Schreckliche Dinge. Gemordet in einem Wahn. Dass ich krank war.

Ich musste mich anstrengen. Nachts lag ich zutiefst erschöpft schlaflos in meinem Bett und bereitete mich auf den nächsten Tag vor. Auf eine weitere Szene in dieser lächerlichen Posse.

Ich blieb geduldig und gab mich zuversichtlich. Und konnte mich mit der Zeit etwas freier bewegen. Sie wurden unachtsam.

Und eines Tages war der Moment gekommen. Es regnete in Strömen.

Ich bin ihnen entwischt wie ein kleiner Vogel aus dem offenen Käfig.

Die Zukunft lag in den hellsten Farben vor mir! Vor uns!

Doch nun ist alles anders gekommen, und wir streiten nur noch.
Zerfleischen uns.

Lügen

Nele kam wieder zu sich. Vielleicht zum letzten Mal. Ihr Körper fühlte sich an wie ein Panzer aus Blei. Ihre Zunge war dick aufgeschwollen, und sie hatte Mühe, die Augen offen zu halten. Die Schmerzen spürte sie kaum noch.

Es war, als wäre sie schon fast nicht mehr da.

Sie blickte nach oben. Es musste Nacht sein. Durch die Ritzen im Deckel fiel nur ein diffuser Schimmer, und es war still.

Hilfe.

Hatte sie das jetzt gesagt? Sie war sich nicht sicher. Es war sowieso sinnlos.

Es war niemand da. Sie würde in dem Loch alleine sterben. Unbemerkt von der Welt dort oben. Ihr Körper würde verrotten, bis nur noch ihre blanken Knochen übrig waren. Wie das menschliche Wesen, dessen Überreste neben ihr verstreut lagen.

Sie dachte an Julia und lächelte. Julia, die ihr näherstand, als eine Schwester es je könnte. Sie hatten noch so viele Pläne gehabt. Angefangen bei ihrem nächsten Urlaub, den sie auf einer Insel verbringen wollten, wo es nichts gab außer Strand, das Meer und die Sonne. Und ein paar kühle Drinks natürlich.

„Nicht zu vergessen, ein paar gut gebaute Einheimische", hatte Nele gesagt, und Julia hatte grinsend die Augen verdreht.

Nele träumte vor sich hin und meinte, die Wellen zu hören.

Doch es war nur das Blut, das in ihren Ohren rauschte. Begleitet von den Schlägen ihres Herzens, die immer schwächer und unregelmäßiger wurden.

Julia versuchte, nicht hinzuhören. Aber das war unmöglich. Sie lag auf einem Liegestuhl im Garten und hatte in den nächtlichen Himmel geschaut, der mit Sternen übersät war.

Sich Sorgen um Nele gemacht und dabei, ohne es zu merken, drei Gläser Rotwein getrunken. Fast wäre sie eingenickt, doch als der Streit im Haus nebenan heftiger wurde, war sie aufgeschreckt.

Zuerst war es ihr peinlich gewesen, ungewollt zur Lauscherin zu werden. Doch nun war sie sehr beunruhigt.

Das hört sich ja furchtbar an, dachte sie und zuckte zusammen, als sie ein lautes Poltern vernahm.

Julia konnte sich gar nicht vorstellen, was da drüben vor sich ging. Die arme Frau saß doch im Rollstuhl, war hilflos, wie konnte ihr Mann sie dermaßen anschreien? Selbst wenn er erschöpft war, kaum mehr Nerven hatte, das ging zu weit. Das wäre nicht der einzige Fall von Misshandlung eines Pflegefalls. Dass jemand von der Betreuung völlig überfordert war und auf seinen Schützling losging, hörte man öfter. Solche Dinge geschahen sogar in Heimen, wenn sich zu wenig Fachpersonal um viel zu viele Patienten kümmern musste.

Als die Frau laut aufschrie, sprang Julia auf.

Ich muss wissen was da vor sich geht! Selbst auf die Gefahr hin, dass man mich gleich wieder zum Teufel jagt.

Entschlossen marschierte sie los. Als sie vor der Tür stand, war der Streit noch in vollem Gange.

„Ich kann nicht mehr! Ich kann nicht mehr! Hast du verstanden? Ich halte das nicht mehr aus!"

„Sag das nicht! Du zerstörst alles!"

„Du! Du hast alles zerstört, mein ganzes Leben hast du mir genommen! Ich will nicht mehr!"

Ein Heulen wie von einem verletzten Tier drang durch die Tür, und Julia drückte auf die Klingel.

Sie funktionierte nicht. Genau in dem Moment, als sie klopfen wollte, hörte sie ein lautes Geräusch, gefolgt von einem Schmerzensschrei.

Das war ein Schlag! Er hat sie geschlagen!

Sie drückte auf die Klinke, und die Tür war tatsächlich nicht abgeschlossen. Mit drei Schritten war sie im Wohnzimmer.

Die Luft darin war trotz der offenen Fenster zum Schneiden dick. Herr Gabach blickte sie bestürzt an. Das Hemd klebte ihm am Körper, auf seinem bleichen Gesicht perlte der Schweiß.

„Was ... was machen Sie hier?", stammelte er mit zitternden Lippen.

Julia antwortete nicht. Vor Überraschung fehlten ihr die Worte.

Frau Gabach stand aufrecht neben ihrem Mann und hielt sich an einer Kommode fest. Der Rollstuhl stand neben dem Sofa.

Ich dachte, sie kann nicht gehen?

„Verlassen Sie augenblicklich unser Haus, Sie haben hier nichts zu suchen", rief Herr Gabach außer sich und trat einen Schritt auf Julia zu. Seine Augen blitzten vor Wut.

„Nein, das tue ich nicht", erwiderte Julia. Sie musste allen Mut zusammennehmen, denn der Mann jagte ihr Angst ein. Seine Augen waren unnatürlich weit aufgerissen, die Hände zu Fäusten geballt.

„Ich gehe nicht, bevor ich mich vergewissert habe, dass es Ihrer Frau gut geht", sagte sie.

Frau Gabach sah verängstigt zu ihrem Mann, der totenblass geworden war.

„Ja, ja, es geht ihr gut. Das sehen Sie doch. Wir hatten nur einen kleinen Streit. Das kann ja mal vorkommen bei einem alten Ehepaar. Also bitte gehen Sie!", rief er ungeduldig.

Er war inzwischen so nahe, dass Julia seinen Schweiß riechen konnte. Doch sie rührte sich noch immer nicht.

„Stimmt das? Geht es Ihnen gut?" Sie richtete die Frage direkt an Frau Gabach, in deren Blick Panik flackerte.

Sie hat Angst! Sie hat Angst vor ihrem Mann. Was geht hier vor? Was hat er ihr angetan?

„Sie können mir alles sagen", versuchte Julia die Frau zu ermutigen.

„Nein, es geht mir nicht gut." Es war nur ein leises Flüstern, und Julia bekam eine Gänsehaut.

Herr Gabach drehte ruckartig den Kopf zu seiner Frau. „Karli! Was soll das?"

„Lassen Sie sie ausreden", rief Julia und drängte sich zwischen die beiden. Sie war fest entschlossen, die Frau zu verteidigen, sollte er ihr den Mund verbieten.

„Nenn mich nicht so!", heulte Frau Gabach als hätte man sie geschlagen. „Das ist nicht mein Name! Ich hasse ihn!"

„Doch! Das ist dein Name!", brüllte er.

Frau Gabach begann zu schluchzen, und Julia legte ihr beruhigend den Arm um die Schultern. „Bitte sagen Sie mir, was hier vorgeht und wie ich Ihnen helfen kann."

„Meine Frau ist krank, das geht hier vor", knurrte Herr Gabach. Er bebte am ganzen Körper.

„Du Lügner", fauchte seine Frau. „Das sind alles Lügen! Ich bin nicht krank!" Ihre Beine gaben nach, und Julia versuchte sie zu stützen.

„Möchten Sie sich in den Rollstuhl setzen?", fragte sie. „Ich bringe Sie hin."

Herr Gabach lachte. Es klang sehr hässlich. „Ja, setzen Sie sie in den Rollstuhl. Das habe ich vorhin vergeblich versucht."

„Ich will nicht", keuchte seine Frau. „Ich brauche keinen verfluchten Rollstuhl!"

Julia fiel aus allen Wolken. „Ich dachte …, ich dachte, dass Sie …"

„Ja, das, was alle denken!" Ihre Stimme klang verbittert. „Dass ich ein Krüppel bin. Mein Kopf nur noch aus Matsch besteht. Aber das sind alles nur Lügen! Hinterhältige, perfide Lügen!"

„Karli, hör auf!"

Frau Gabach zuckte zurück und drängte sich an Julias Seite.

„Er!", rief sie und deutete mit dem Finger auf ihn. „Er ist krank! Und er nimmt seine Medikamente nicht!"

Herr Gabach schüttelte den Kopf und faltete die Hände. „Um Himmels willen, hör auf, so einen Unsinn zu erzählen!"

„Halten Sie den Mund!", fauchte Julia ihn an. „Ich will hören, was Ihre Frau zu sagen hat."

Frau Gabach weinte vor Erleichterung. „Endlich, endlich hört mir jemand zu! Er ist schon seit Jahren krank, aber er nimmt seine Medikamente nicht. Psychopharmaka, ganz starkes Zeug", flüsterte sie. „Stattdessen gibt er sie mir. Er zwingt mich dazu, die Tabletten zu schlucken. Viel zu viele! Es ist ein Wunder, dass ich noch lebe."

„Was?", rief Julia schockiert. War das möglich? Es hörte sich unfassbar an.

„Bitte, es ist wahr, Sie müssen mir das glauben." Frau Gabach sah sie flehend an. „Damit stellt er mich ruhig. Deswegen kann ich mich nicht auf den Beinen halten und muss im Rollstuhl sitzen. Manchmal bin ich tagelang weggetreten, bringe kein einziges, vernünftiges Wort über die Lippen."

„Aber … aber, weshalb?", stammelte Julia. Das klang völlig verrückt.

„Weil er mich kontrollieren will. Damit ich ihm ausgeliefert bin und ihn nicht verlassen kann!", schrie seine Frau.

„Karli, bitte …" Er stand mit hängenden Schultern da und sah sie mit tieftraurigen Augen an. „Überlege dir jetzt genau, was du sagst."

Julia fühlte, wie sich die Nägel der Frau in ihre Arme gruben, und geriet in Panik.

War das eine Drohung? Würde er auf sie losgehen?

Julia sah sich hektisch um. Es gab nichts in ihrer Reichweite, womit sie sich gegen ihn wehren könnte.

Er konnte sie leicht überwältigen. Und er schien kurz davor.

Sein Kiefer mahlte, seine Fäuste öffneten und schlossen sich. Er war viel größer als sie, drahtig, und er hatte kräftige Arme.

„Ist das wahr, was Ihre Frau erzählt? Und wenn ja, warum haben Sie das getan?" Reden, ich muss mit ihm reden, überlegte Julia fieberhaft. Ihn irgendwie ablenken und beruhigen.

Er funkelte sie wütend an. „Ich wollte sie nur beschützen!"

„Ich brauche deinen Schutz nicht!", kreischte seine Frau. „Geh! Hau ab! Ich will dich nie wiedersehen! Es ist zu Ende."

Sie schlotterte am ganzen Leib, und Julia befürchtete, die Frau würde in ihren Armen zusammenbrechen. Sie packte sie um die Taille und hielt sie fest.

„Wie du willst, ich werde gehen", antwortete er. In seinen Augen sammelten sich Tränen. „Aber wir werden uns wiedersehen. Und du weißt auch, wo."

Julia sah ihm sprachlos nach, als er durch die Tür verschwand.

„Helfen Sie mir bitte", stöhnte seine Frau. „Ich kann nicht mehr."

Julia führte sie zum Rollstuhl und half ihr, sich hineinzusetzen.

„Wird er zurückkommen?", fragte Julia und wischte sich den Schweiß von der Stirn. Sie hatte das Gefühl, jeden Moment umzukippen.

In was war sie hier nur hineingeraten!

„Nein." Frau Gabach rieb sich die Augen. „Ich glaube nicht, dass er zurückkommt. Jetzt, wo alles aufgeflogen ist. Nicht in dieses Haus."

„Können Sie sich da sicher sein? Und wo ist er hin?"

„Ich weiß es nicht", erwiderte sie mit müder Stimme. „Manchmal verschwindet er, ohne ein Wort zu sagen. Stundenlang. Ich habe keine Ahnung, wohin er geht oder was er dann macht. Er gibt mir Tabletten und Tropfen, dann schlafe ich ein, und wenn ich wieder zu mir komme, ist viel Zeit vergangen und er ist wieder da."

Der Mann ist vollkommen wahnsinnig, dachte Julia, und ihr Magen zog sich zusammen. Wie kann man seiner eigenen Frau nur so etwas antun?

Ihr kam ein schrecklicher Gedanke.

„Haben Sie das mitbekommen?", fragte sie. „Hat er Ihnen erzählt, dass meine Freundin Nele verschwunden ist? Hat er über sie geredet?"

Frau Gabach schüttelte den Kopf. „Nein, erzählt hat er es mir nicht, aber ich habe zugehört, als Sie mit ihm am Gartentor geredet haben. Wenn er gewusst hätte, wie viel ich trotz dem ganzen Gift in meinem Blut manchmal noch mitbekommen habe!" Sie runzelte die Stirn. „Dann hätte er mich eingesperrt. Ich hätte nie wieder Tageslicht gesehen!"

Sie begann haltlos zu weinen. Nele strich ihr über die Haare. Sie fühlte sich hilflos und durcheinander. Was sollte sie jetzt tun?

Die Polizei rufen!

Natürlich, und zwar schnell, bevor dieser Wahnsinnige über alle Berge war.

Mit einem Mal war sie überzeugt davon. Der Mann hatte etwas mit Neles Verschwinden zu tun! Wahrscheinlich hatte Nele herausgefunden, was für ein Verbrechen er an seiner Frau beging. Und wie sie Nele kannte, hatte sie ihn zur Rede gestellt. Und er?

Oh Gott! Was hat er ihr angetan?

„Ich muss die Polizei rufen!", rief sie aufgeregt. „Nele! Verstehen Sie? Bestimmt hat er Nele in seiner Gewalt."

Oder umgebracht, aber das würde sie auf keinen Fall laut sagen.

Auch wenn es verrückt schien, Julia hatte das Gefühl, dass man Nele immer noch retten konnte, solange sie den Gedanken nicht laut aussprach. Dass sie am Leben war. Irgendwo gefangen gehalten wurde und es noch nicht zu spät war.

„Wo ist das Telefon?", fragte sie, vor Aufregung schwitzend. „Mein Handy liegt drüben im Garten." Sie wollte keine Sekunde mehr verlieren.

„Da drüben steht es. Wir haben nur Festnetz."

Nele wollte losstürzen, aber Frau Gabach griff nach ihrem Arm. Sie sah furchtbar aus. Dunkle Ringe lagen unter ihren Augen, und auf den blassen Wangen zeichneten sich rote Flecken ab. Es schien ihr sehr schlecht zu gehen.

„Bitte, könnten Sie mir noch schnell den Krug mit der Zitronenlimonade bringen? Er steht da drüben. Und ein Glas? Ich fühle mich sehr elend. Vielleicht wird es besser, wenn ich etwas trinke."

„Ja, natürlich, gerne", erwiderte Julia und eilte zum Tisch. „Soll ich Ihnen auch gleich einschenken?"

„Oh ja, bitte."

Julia goss die dickflüssige Limonade in das Glas.

Ein Geräusch ließ ihre Hand in der Luft verharren.
Sie spürte einen Atemzug im Nacken.

Erschrocken wollte sie sich umdrehen.

Der Schlag auf ihren Kopf kam völlig überraschend.

Schlaflos

Ralf Braun lag schlaflos in seinem Wohnwagen und knipste das Lämpchen neben dem Bett an. Ein warmer Schein erhellte Wände und Decke.

Er ließ den Blick über die Fotos und Zeitungsauschnitte schweifen. Erinnerungen, die er all die Jahre gehütet hatte wie einen Korb voll Giftschlangen. Die ihn nicht losgelassen hatten. Bilder und Schlagzeilen, die ihm nicht guttaten. Die ihn nachts quälten und den Dämon auferstehen ließen, der ihn in seinen Träumen verfolgte.

Er setzte sich auf und fuhr sich über die Augen.

Das, was geschehen war, ließ sich nicht mehr ändern. Aber wie er in Zukunft damit umging, daran konnte er etwas ändern.

Es hatte ihn zutiefst mitgenommen, die Geschichte zu erzählen, vor Eva und den Kindern zum ersten Mal seit Jahren darüber zu sprechen. Bis zu diesem Tag hatte er nur im Verhör durch die Polizei davon berichtet. Immer wieder von neuem, bis irgendwann Ruhe eingekehrt war und man die Suche nach Torsten aufgegeben hatte.

Ralf hatte das nicht gekonnt. Einfach aufgeben und loslassen. Er hatte weiter nach ihm gesucht. Besessen von dem Gedanken, dass sein Schwager sich irgendwo verkrochen hatte und wieder Unschuldigen das Leben nehmen könnte.

Eines Tages fand er die Axt und versteckte sie im Stall wie in einem Schrein.

Und wie ein Pilger auf der Suche nach Erlösung trieb es ihn immer wieder auf den Hof. Zuerst nur an den Wochenenden, aber seit er auf dem Campingplatz lebte, war es zu einem täglichen Ritual geworden.

Ralf langte nach der Schnapsflasche, die in Griffnähe neben dem Bett stand, und schraubte den Deckel ab. Er nahm einen kleinen Schluck, und während der Alkohol leicht brennend den Weg durch die Kehle nahm, wurde es ihm mit einem Mal bewusst.

Er fühlte sich besser. So, wie er sich seit Jahrzehnten nicht mehr gefühlt hatte. Als hätte man ihm eine schwere Last von den Schultern genommen.

Er horchte in sich hinein, konnte es fast nicht glauben, doch es war so.

Er fühlte sich befreit. Er hatte über sein Versagen, seine Schuldgefühle gesprochen, sich regelrecht entblößt. Ausgerechnet vor den Kindern und Eva.

Und sie hatten ihn nicht verachtet oder verurteilt. Im Gegenteil. Das, was er in ihren Augen gesehen hatte, waren Kummer und Mitgefühl gewesen.

Und ein schlechtes Gewissen.

Ralf musste lächeln, als er an die Kinder dachte, die sich vor Scham und Verlegenheit regelrecht gewunden hatten. Es hatte ihnen sehr leidgetan, dass sie in ihm einen Verbrecher vermutet hatten.

Ich muss den Kids sagen, dass ich ihnen sogar dankbar bin!

Er stellte die Flasche beiseite. Vielleicht konnte er heute ohne den Alkohol einschlafen. Doch zuerst musste er noch etwas tun.

Er stand auf und streckte die Hände zur Decke aus. Stück für Stück löste er die Fotos und Zeitungsausschnitte und legte sie auf den Tisch.

Als nur noch Klebereste übrig waren, war der Tisch fast gänzlich bedeckt. Er machte sich daran, auch die Wände freizulegen. Mit jedem Blatt fühlte er sich besser. Ein Windstoß fuhr durch das Fenster und wirbelte das ganze Zeug auf den Boden, als wollte sich die Vergangenheit nicht vertreiben lassen. Ralf schüttelte zornig den Kopf.

Schluss damit!

Er suchte eine Papiertasche, sammelte die Blätter auf und stopfte sie hinein. Er wollte die Tüte gleich in der Abfalltonne verschwinden lassen. Ein für alle Mal. Am liebsten hätte er sie verbrannt und dabei zugesehen, wie alles zu Asche verfiel. Aber das ging nicht. Er konnte unmöglich hier mitten in der Nacht ein Feuer entzünden.

Eines der Fotos war noch gut erhalten, und er betrachtete es lange. Er hatte sonst kein einziges Bild von seiner Schwester und den Kindern. Es war nichts mehr übrig von ihnen. Er wühlte in den Schubladen, bis er endlich die Schere fand. Sorgfältig schnitt er den Mann aus, der hinter seiner Schwester stand.

Seine Hände!

Noch immer lagen die Hände seines Schwagers auf den Schultern seiner Schwester. Er würde niemals loslassen.

Ralf spürte, wie Zorn und Hass wieder in ihm hochkochten.

Doch dann kam ihm eine Idee. Heutzutage war so vieles möglich. Er könnte das Foto zu einem Profi bringen. Bestimmt konnte man das Foto bearbeiten, retuschieren, so, dass man die Hände nicht mehr sehen konnte. Sie auslöschen für immer!

Morgen fahre ich in die Stadt!

Er fühlte sich gleich wieder besser.

Timmy wälzte sich auf dem Bett in seinem Zimmer. Es war heiß und stickig, er fühlte sich wie in einer Zelle. An Schlaf war nicht zu denken. Aus der Gaststube, die unterhalb ihrer Wohnung lag, drang noch immer Gemurmel.

Timmy nahm es gar nicht wahr. Die Matratze war im Vergleich zu seiner Matte und dem Schlafsack die reinste Wolke. Aber auch das war ihm gleichgültig. Tausendmal lieber hätte er jetzt in seinem winzigen Zelt gelegen. Noch nirgendwo sonst hatte er sich so geborgen gefühlt. So glücklich. Wenn es nach ihm ginge, würde er den Rest seines Lebens im Zelt verbringen.

Er hatte sich schon überlegt, wie er seine Mutter dazu bringen könnte, dass er auch nach den Schulferien weiter im Zelt wohnen durfte.

Das konnte er jetzt vergessen!

Womöglich würde sie ihm das nun nicht einmal mehr für den Rest der Ferien erlauben! Timmy strampelte mit den Beinen, und die Bettdecke landete endgültig auf dem Boden.

Seine Mom war so wütend auf ihn gewesen, so zornig, wie er sie noch kaum erlebt hatte.

Aber eigentlich hatte sie ja recht. Wie hatten sie nur so dämlich sein können und ausgerechnet den netten Herrn Braun verdächtigen! Ihm nachspionieren und auch noch in seinen Wohnwagen einbrechen.

Idiotisch! Bombe hat wohl zu viele komische Filme geschaut, dachte Timmy wütend.

Doch eigentlich konnte er Bombe nicht die ganze Schuld in die Schuhe schieben. Er hatte ja mitgemacht. Er hätte doch sagen können … ja was?

Timmy fühlte sich elend und machte sich Sorgen. Denn nach der ganzen Sache blieb Nele weiterhin verschwunden.

Er kniff die Augen zu, obwohl er wusste, das würde nichts nützen. Er würde heute Nacht wahrscheinlich nicht eine Minute schlafen.

Er sah Herrn Brauns Gesicht vor sich. Ganz schief vor Kummer und Elend. Die Tränen, die er sich mit dem Handrücken abgewischt hatte. Timmys Wangen brannten wieder vor Scham.

Wie es ihm wohl jetzt ging? Ganz allein in seinem Wohnwagen mit all den fürchterlichen Bildern.

Eigentlich hatte er sich doch gar nicht richtig bei ihm entschuldigt. Herr Braun hatte zwar gesagt, er könne verstehen, dass sie auf komische Gedanken gekommen waren. Vor allem, nachdem sie die Axt entdeckt hatten. Timmy wäre es lieber gewesen, er wäre wütend geworden und hätte sie ausgeschimpft so wie Mom. Das hätten sie doch verdient.

Vielleicht kann er ja auch nicht schlafen, überlegte Timmy und schwang die Beine aus dem Bett.

Ich fahr jetzt zu ihm, und dann sage ich ihm, wie sehr es mir leidtut. Und dass ich mich schäme. Vielleicht kann ich ja sogar etwas für ihn tun.

Entschlossen schlüpfte er in seine Jeans und zog sich ein Shirt über den Kopf.

Ich muss nur aufpassen, dass mich Mom nicht erwischt, wenn ich auf dem Campingplatz herumschleiche. Mann! Das gäbe ein Theater. Aber die schläft bestimmt schon lange tief und fest.

Julia kam zu sich und sah sich benommen um. Vor ihren Augen flimmerten die Wände, und einen Moment war sie völlig orientierungslos. Heftige, pulsierende Schmerzen in ihrem Kopf brachten sie endgültig zu sich.

Raus hier!

Das war ihr erster Gedanke. Sie lag auf dem Bauch und richtete sich stöhnend auf.

Hat er ihr etwas angetan?

Sie wollte sich nach Frau Gabach umsehen, aber das war ein Fehler. Alles drehte sich, ihr wurde schwarz vor Augen, und sie sank auf die Knie. Keuchend rang sie nach Atem.

Ich kann ihr nicht helfen! Ich muss raus und um Hilfe schreien!

Auf allen vieren kroch sie zur Haustür, die weit offen stand. Sie war darauf gefasst, dass er sie jeden Moment erneut niederschlagen würde.

Schweißgebadet erreichte sie den schmalen Weg, der zum Gartentor führte.

Steh auf! Steh um Himmelswillen auf!

Sie gab sich einen Klaps auf die Wange in der Hoffnung, endlich ganz zu sich zu kommen.

Und sie schaffte es. Stand auf ihren Beinen.

Als sie den ersten Schritt machte, klappte sie wie ein Taschenmesser zusammen.

Wie immer, wenn Timmy mit seinem Fahrrad losfuhr, dachte er voller Dankbarkeit an seine verstorbene Freundin, die alte Frau Kern. Wenn er jetzt die ganze Strecke zum See hätte laufen müssen, puh!

Sein Blick fiel auf den Harry-Potter-Sticker, den sie auf das Lenkrad geklebt hatte. Klar, ein fliegender Besen war es nicht, aber das Rad war fast genauso cool. Während er durch das Dorf radelte, überlegte er, wo er im vierten Band eigentlich stehen geblieben war. Er konnte sich kaum mehr an die Geschichte erinnern, er hatte schon ziemlich lange nicht mehr gelesen.

Die Zeit mit seiner Gang zu verbringen, hatte ihm einfach mehr Spaß gemacht. Aber vielleicht würde er nun mehr Zeit zum Lesen bekommen, als ihm lieb war.

Er musste sich unbedingt etwas einfallen lassen, um seine Mom milde zu stimmen. Vielleicht konnte ja Herr Braun noch ein gutes Wort für ihn einlegen, nachdem er sich bei ihm richtig entschuldigt hatte.

Bestimmt macht er das!

Als er an den drei Häusern außerhalb des Dorfs vorbeipreschte, sah er etwas aus dem Augenwinkel, was ihn zutiefst erschreckte. Timmy bremste so heftig, dass die Räder unter ihm wegrutschten, und er konnte gerade noch vom Fahrrad springen, sonst wäre er unsanft in der Wiese gelandet.

Da war doch gerade eine Frau im Garten! Und die ist umgefallen, als hätte jemand auf sie geschossen!

Timmy rannte zum Haus der Gabachs. Hinter den Fenstern im Erdgeschoss brannte Licht, und die Haustür stand sperrangelweit offen.

Und er hatte sich nicht getäuscht. Da lag tatsächlich eine Frau reglos im Garten. Er bekam ein sehr mulmiges Gefühl, als er das Gartentürchen aufschob und sich ihr näherte.

„Hallo? Was ist mit Ihnen?"

Als er sich zu ihr beugte, erkannte er sie.

„Julia! He, Julia, was hast du?", fragte er erschrocken.

Er wollte sie an der Schulter rütteln, als er das Blut in ihren Haaren bemerkte. Bestürzt zog er die Hand zurück und sah sich panisch um.

Wer hat das getan? Etwa Herr Gabach? Schließlich lag sie ja in seinem Garten. Was sollte er jetzt nur machen?

Timmy rang verzweifelt die Hände. Wenn er doch jetzt nur wie sein Held tatsächlich zaubern könnte! Einfach eine magische Formel rufen, und dann wäre wieder alles in Ordnung. Das konnte er leider nicht. Und wenn er laut um Hilfe rief, würde er ja denjenigen aufscheuchen, der Julia eins über den Kopf gezogen hatte. Und hier war sowieso kein Mensch, außer der Frau im Rollstuhl und der anderen Nachbarin, die auch nicht richtig laufen konnte. Und war die nicht sowieso im Urlaub?

Julia wimmerte leise, und vor Erleichterung wurde ihm ganz anders. Wenigstens war sie nicht tot.

Er kniete sich neben sie. „Julia, he, Julia! Kannst du mich hören? Wer hat das gemacht?"

Julia blinzelte ihn verständnislos an, und ihm sank das Herz.

Was soll ich nur tun?

Aber dann sagte sie auf einmal: „Timmy … du!"

„Ja, ja ich bin's! Was ist passiert?"

„Der … der Mann …" Es fiel ihr schwer zu sprechen.

„Herr Gabach?"

Julia nickte. „Ja, hol … Hilfe … Geh weg. Timmy … darf dich nicht sehen."

Julia verdrehte die Augen und verlor wieder das Bewusstsein.

Nein! Nein! Nein! Timmy hätte fast geweint vor Verzagtheit und sah sich ängstlich um.

Wenn das Herr Gabach gewesen ist, dann ist er doch sicher noch hier irgendwo! Bestimmt will er nicht, dass Julia das jemanden erzählen kann. Und wenn er mich jetzt sieht?

Timmy wäre am liebsten davongerannt. Aber er konnte Julia doch nicht einfach so da liegen lassen.

Es konnte wer weiß was passieren, während er Hilfe holte!

Er tätschelte ihr vorsichtig die Wange. „Julia! Julia bitte, bitte wach auf! Du musst aufstehen, wir müssen hier weg", flüsterte er ihr ins Ohr.

Es war zwecklos. Was jetzt?

Timmy lauschte angestrengt, sein Herz galoppierte vor Aufregung. Doch im Haus rührte sich nichts.

Wo steckte er?

Timmy sah sich um und überlegte. Er konnte Julia unmöglich hochheben und tragen. Doch er konnte sie vielleicht verstecken, das würde er schaffen. Außer dem Lichtschein, der aus dem Haus drang, war es ziemlich finster. Am dunkelsten war es bei den zwei

Büschen in der Ecke des Gartens, die ihre Zweige wild wuchernd von sich streckten.

Da würde man Julia nicht so schnell finden.

Er sprang auf die Füße. Die Hände oder die Beine?

Timmy entschied sich für Julias Hände und packte sie. Er musste sie über den Rasen schleifen wie einen Kartoffelsack.

Sie war zwar gertenschlank, aber viel schwerer, als er vermutet hätte. Zuerst bemühte er sich noch, möglichst vorsichtig zu sein. Er wollte sie ja nicht noch mehr verletzen. Aber so würde das ewig dauern. Also zerrte er sie rückwärtsgehend ruckartig an den Armen mit sich.

Sie gab nicht den kleinsten Laut von sich, und Timmy kam der schreckliche Gedanke, dass sie soeben gestorben war.

Er schwitzte und keuchte und spitzte nervös die Ohren, ob Schritte zu hören waren. Es schien eine Ewigkeit zu dauern, bis Julia endlich auf der krümeligen Erde vor den Büschen lag. Ängstlich legte er ihr eine Hand auf den Brustkorb.

Sie atmet noch!

Nichts hätte ihn glücklicher machen können, und er schob ihren Körper so weit wie er konnte unter die Zweige. Dann machte er zwei Schritte zurück.

Perfekt! Es war kaum noch etwas von ihr zu sehen. Das musste jetzt einfach so gehen, bis er Hilfe organisiert hatte.

Timmy sah sich noch einmal um. Alles war ruhig. Außer dem lauten Klopfen seines Herzens, das heftig gegen seinen Brustkorb schlug, und seinen eigenen schnaufenden Atemzügen war kein Laut zu hören.

Seltsam, dachte Timmy.

Er war eigentlich darauf gefasst gewesen, dass der Mann nach Julia sehen würde. Sie beiseiteschaffen!

Vielleicht denkt er ja, dass Julia schon tot ist und er sich nicht zu beeilen braucht.

Egal! Er musste sich beeilen und schnellstens Hilfe holen! Sein Handy hatte er auf dem Nachttisch liegen lassen. Timmy rannte los, klaubte auf der Straße sein Rad auf und blieb wie angewurzelt stehen.

Und wen soll ich denn jetzt holen?

Im Dorf gab es keinen Polizisten, er würde jemanden aus dem Schlaf klingeln müssen. Vielleicht Bombes Vater, der war schließlich der Bürgermeister? Aber bis er dem alles erklärt hätte und bis überhaupt jemand aus dem Dorf hier sein würde, das konnte ewig dauern! Und dann konnte es zu spät sein. Und würde man ihm überhaupt zuhören und die Geschichte glauben?

Zum Campingplatz war es viel näher. Und dort gab es einen Mann, der ihm ganz bestimmt zuhören und glauben würde.

Der es schon einmal mit einem Mörder aufgenommen hatte!

Timmy trat wie wild in die Pedale.

Was ist aus uns geworden

Jetzt auch noch Julia. Sie wollte helfen. Das hätte sie nicht tun sollen. Niemand kann uns helfen.

Denn wir sind in Sünde geboren.

Damals habe ich nicht verstanden, was das bedeutet.

Ich war erst vier Jahre alt, doch ich erinnere mich gut an den Tag, als die Schreie durchs Haus hallten. Ich bekam Angst, wusste nicht, was das war. Ich hielt mich am Geländer fest und stapfte die Stufen hoch.

Ich öffnete die Tür zum Schlafzimmer der Eltern. Es war so verwirrend, dass ich mir wieder den Daumen in den Mund schob, obwohl das streng verboten war und mir einen Schlag auf die Finger einbringen konnte.

Ich tat es unbewusst, während ich einzuordnen versuchte, was ich sah.

Mutter lag im Bett auf ein Kissen gestützt unter einem Laken. Das Gesicht totenblass, die Haare verschwitzt, die Beine hatte sie angezogen, so dass das Laken einen kleinen Hügel formte.

Vater stand wortlos neben ihr und hielt ein Becken und Tücher in der Hand. Und einen hell glänzenden Gegenstand, den ich nicht erkennen konnte. Er verzog keine Miene, während sie stöhnte und schrie. Sich wand wie der Wurm, den ich im Garten ausgegraben und hochgehoben hatte.

„Mutter?", rief ich erschrocken und wollte zu ihr laufen.

Vater drehte sich nach mir um. „Bleib, wo du bist", fuhr er mich an. „Deine Mutter tut Buße für die Sünde, die sie begangen hat. Und auch ich werde dafür büßen, dass mein Fleisch so schwach war."

Ich habe nichts verstanden. Wie eigentlich immer, wenn Vater so redete. Von Gott, der ein böser Mann zu sein schien und vor dem man sich in Acht nehmen musste. Denn er konnte alles sehen! Alles! Wenn man heimlich von den Beeren aß, die hinter dem Haus wuchsen, konnte er auch das sehen.

„Geh!", kreischte Mutter mit einer Stimme, wie ich sie noch nie gehört hatte. „Geh in die Küche und bete!"

Ich wurde von einer solchen Angst erfasst, dass ich mich nicht rühren konnte. Vater machte einen Schritt auf mich zu, da drehte ich mich um und lief, so schnell mich meine kurzen Beine trugen, aus dem Zimmer, die Treppe hinunter.

In der Küche setzte ich mich mit klopfendem Herzen auf einen Stuhl und faltete die Hände. Ich versuchte zu beten, mich an die Worte zu erinnern, die man mir beigebracht hatte. Aber das war unmöglich. Immer wieder hörte ich Mutter schreien, und ich wusste, dass da oben etwas Schreckliches vor sich ging.

Dann war es plötzlich still, doch ich wagte es nicht aufzustehen. Über mir hörte ich die schweren Schritte meines Vaters. Der hin und her lief. Hin und her.

Und dann ein Weinen. Leise und zart.

Ist das Mutter?, fragte ich mich. Es klang so fremd.

Dann polterte Vater die Treppe hinab, eine Tür schlug zu, und ich hörte das Wasser im Becken in der Waschküche rauschen.

Das Weinen wurde lauter, fordernder, und ich schlich mich nach oben. Ich spähte durch das Schlüsselloch, doch ich konnte nur den mächtigen, alten Schrank sehen. Vorsichtig drückte ich auf die Türklinke und schob die Tür einen kleinen Spalt weit auf.

Mutter lag immer noch im Bett, den Kopf abgewandt, die Augen geschlossen.

Auf ihrer Brust lag ein winziges Kind.

So winzig und klein, dass ich im ersten Moment dachte, es wäre eine Puppe. Aber dann bewegte es die Ärmchen, streckte die kleinen Fingerchen aus, als wollte es nach irgendetwas greifen.

Mir stockte der Atem.

Ein Baby! Ein echtes Baby!

Ich fuhr zurück, als Mutter die Augen öffnete, es nahm und in einen Korb legte, der neben dem Bett stand. Dann drehte sie ihm den Rücken zu und zog sich das Laken über den Kopf.

Ich lauschte und wartete. Ich wollte es unbedingt sehen. Mich vergewissern, dass es wirklich da war. Ich hörte, wie Vater das Haus verließ, und fasste mir ein Herz. Auf Zehenspitzen schlich ich in das Zimmer und beugte mich über den Korb.

Es war so klein! Als ich den Flaum auf dem Köpfchen sah, überkam mich ein Gefühl, das so überwältigend war, dass ich fast geweint hätte.

Ich wollte das Baby hochheben, an mich drücken, nie wieder hergeben! Aufgewühlt und fasziniert studierte ich das verschrumpelte Gesichtchen und erschrak fast zu Tode, als Mutter sich umdrehte und mich ansah.

„Der Herr prüft uns", sagte sie und nahm meine Hand. Sie fühlte sich ganz kalt an. „Und wir werden ihn nicht enttäuschen. Wir werden ohne Sünde leben und unsere Kinder im rechten Glauben erziehen. Also geh nun und sprich deine Gebete."

Das habe ich getan. Doch alle Gebete haben nichts genützt.

Was ist nur aus uns geworden.

Die Tote

Er sauste quer über den Platz, warf das Fahrrad vor dem Wohnwagen auf den Boden und hämmerte an die Tür.

„Herr Braun! Hallo, Herr Braun!", rief Timmy und blickte sich nervös um. Er wollte auf keinen Fall, dass seine Mom auf ihn aufmerksam wurde!

Er konnte ein leises Murmeln hören, dann wackelte der Wohnwagen ein wenig, und endlich ging die Tür auf.

„Timmy?", rief Herr Braun überrascht. „Du meine Güte, was zum Kuckuck tust du denn hier? Du solltest doch schon längst zu Hause in deinem Bett liegen!"

„Bitte!" Timmy hüpfte vor Aufregung von einem Bein aufs andere. „Sie müssen sofort mit mir kommen! Schnell, bitte! Herr Gabach hat Julia auf den Kopf geschlagen, und ich habe sie vor ihm versteckt, aber wenn er richtig sucht, findet er sie, und dann bringt er sie vielleicht um und ..."

Ralf Braun starrte ihn an. „Langsam, Junge, langsam. Was erzählst du da? Ich verstehe kein Wort."

Timmy geriet an den Rand der Verzweiflung.

„Julia, ich habe sie gefunden. Sie ist verletzt, und jetzt liegt sie im Garten unter dem Busch, damit er sie nicht findet. Er ist ein Mörder, ganz bestimmt!"

Ralf Braun zog sich die Shorts hoch, in denen er gedöst hatte, tastete mit einer Hand nach einem Shirt und schlüpfte in die Turnschuhe, die neben dem Hocker vor dem Wohnwagen standen.

Es wirkte ganz und gar nicht so, als wäre mit dem Jungen mal wieder die Fantasie durchgegangen. Timmy wirkte zutiefst erschreckt, und so eine verrückte Geschichte hatte er sich bestimmt nicht ausgedacht.

Ralf Braun konnte zwar nicht glauben, dass Julia von einem Mörder angegriffen worden war. Schon gar nicht von dem netten und fürsorglichen Herrn Gabach. Aber irgendwas war passiert. Vielleicht hatte Julia einen Unfall gehabt, war gestürzt, und Timmy hatte etwas zusammenfantasiert. So oder so, auf jeden Fall musste er sich die Sache anschauen.

Er hatte schon einmal den schweren Fehler begangen und einen Hilferuf nicht ernst genommen. Das würde ihm nie wieder passieren.

„Also dann los, mein Junge. Gehen wir der Sache auf den Grund", sagte er.

„Sie können mein Fahrrad nehmen", sagte Timmy mit sichtbarer Erleichterung. „Ich kann laufen."

Ralf Braun hob abwehrend die Hände. „Da kann ich mich nicht draufsetzen, dein Rad würde das nicht überleben. Ich laufe."

„Das dauert doch viel zu lange!", rief Timmy.

„Ich bin doch noch kein Greis! Junge, du wirst dich wundern, wie schnell ich laufen kann. Also los, komm jetzt."

Julia drehte sich um und etwas wie ein spitzer Fingernagel ritzte ihr über die Wange.

Was ist das?

Sie schob es mit der Hand weg, aber es schnellte zurück, und der brennende Schmerz brachte sie zu sich. Sie sah sich um.

Zweige! Das waren Zweige, die ihren Körper bedeckten wie ein Vorhang. Kleine Steinchen drückten ihr in den Rücken, und sie schob sich seitwärts unter dem Strauch hervor.

Wie bin ich nur hierhergekommen?

Ihr Blick fiel auf die erleuchteten Fenster, und mit einem Schlag war die Erinnerung wieder da.

Timmy! Das muss Timmy gewesen sein. Hoffentlich hat er Hilfe geholt. Und hoffentlich ist Frau Gabach nichts passiert.

Sie musste unbedingt nachschauen. Rasch rappelte sie sich auf. Mit wackeligen Beinen steuerte sie auf das Haus zu, als sich ihr ein kräftiger Arm um die Taille legte.

Julia stieß einen Schrei aus.

„Ruhig, ich bin's doch, Julia", sagte Ralf Braun, und Julia stieß einen erleichterten Seufzer aus.

„Oh, mein Gott, ich dachte schon …"

„Geht's dir gut?", fragte Timmy und griff nach ihrer Hand.

„Abgesehen von den fürchterlichen Kopfschmerzen? Ich glaube schon."

„Ich habe dich vor ihm versteckt", sagte Timmy stolz.

Julia lächelte gequält. „Das hast du gut gemacht, und auch, dass du jemanden geholt hast."

„Schön, schön", sagte Ralf. „Aber ich habe immer noch nicht verstanden, was hier eigentlich los ist. Hat

Ihnen das wirklich Herr Gabach angetan? Und wenn ja, weshalb um Himmels willen?"

„Wer sonst?", stöhnte Julia. „Wir müssen nach seiner Frau sehen! Und die Polizei rufen!"

„Eins nach dem anderen", erwiderte Ralf und stützte Julia auf dem Weg ins Haus. Gleichzeitig fragte er sich, wie lange es wohl dauerte, bis die Polizei aus der Stadt hier eintrudeln würde.

Erst mal schauen, was wirklich los ist, dachte er. Und dann werden wir uns wohl erst mal selbst helfen müssen.

Timmy hielt sich ängstlich hinter Ralf Brauns Rücken, als sie das Wohnzimmer betraten.

Doch der Mann war nicht da. Nur seine Frau, die mit gesenktem Kopf im Rollstuhl saß. Ein vertrauter Anblick. Trotzdem war etwas anders.

Sie hatte Schaum vor dem Mund. Und sie hatte sich erbrochen!

Timmy drehte sich fast der Magen um, und er trat einen Schritt zurück, während Julia zu ihr eilte.

„Frau Gabach!", rief sie und hob ihr das Kinn. „Frau Gabach, was ist mit Ihnen?"

„Sie ist tot", sagte Ralf Braun und trat zu ihr.

„Ich konnte sie nicht vor ihm beschützen", sagte Julia erschüttert.

Ralf bückte sich und hob ein leeres Glas auf, das neben dem Rollstuhl auf dem Boden lag. Er schnüffelte daran, tippte mit dem Zeigefinger in den milchigen Bodensatz und leckte ihn vorsichtig ab.

Unter anderen Umständen hätte die Grimasse, die er schnitt, Timmy zum Lachen gebracht, aber jetzt war ihm ganz und gar nicht danach zumute.

„Keine Ahnung, was da für ein Zeug drin war", sagte Ralf und fuhr sich angeekelt mit dem Handrücken über die Zunge. „Aber das hat sie umgebracht, da bin ich mir sicher."

Julia sank auf einen Stuhl und versuchte ein Weinen zu unterdrücken. Der Mann hat eiskalt seine eigene Frau zum Schweigen gebracht, dachte sie. Also was hat er wohl mit Nele gemacht?

Der letzte Funke Hoffnung, sie doch noch lebend zu finden, war beim Anblick der Toten nahezu erloschen.

„Oh nein! Nein! Was hast du nur getan?", rief eine Stimme hinter ihnen.

Julia stieß einen erschrockenen Schrei aus, und Timmy flüchtete sich in eine Ecke.

Der Mörder!

Er stand einfach in der Tür und wirkte völlig überrascht aus. Timmy konnte es nicht fassen.

„Bleiben Sie bitte dort stehen, Herr Gabach", sagte Ralf. „Ich muss jetzt die Polizei rufen, also seien Sie vernünftig und halten Sie Abstand von Ihrer Frau." Und vor allem von uns, dachte er nervös.

Herr Gabach schien ihn nicht zu hören. Er wirkte, als wäre er nicht mehr bei Sinnen. Sein Gesicht war kalkweiß, und ohne den Blick von der Leiche zu wenden, ging er wie in Trance mit ausgestreckten Händen auf den Rollstuhl zu.

„Liebes, ach Liebes, es tut mir so leid", flüsterte er. Tränen rollten ihm über die Wangen.

„Fassen Sie sie ja nicht an!", rief Julia und ballte die Fäuste. „Sie! Sie waren das, also spielen Sie hier nicht den trauernden Witwer!"

Sie schnappte nach Luft, als ihr einfiel, dass sie Frau Gabach den Saft eingeschenkt hatte – und beinahe selbst davon getrunken hätte.

Dann wäre ich jetzt garantiert tot!

„Sie sind ein Ungeheuer", fauchte sie.

Ralf schielte zum Telefon. Drei Schritte, und er könnte anrufen. Aber er wagte es nicht, die beiden auch nur eine Sekunde aus den Augen zu lassen. Julia stand da wie eine in die Enge getriebene Katze. Ängstlich und zornig zugleich. Er hatte Angst, dass sie etwas Unvernünftiges tun könnte. Sich auf den Mann stürzen, zum Beispiel, obwohl sie keine Chance hätte. Das musste er verhindern.

„Jetzt beruhigen wir uns erst mal alle und überlassen es der Polizei herauszufinden, was geschehen ist", sagte er ohne viel Hoffnung. „Bitte verlassen Sie den Raum, Herr Gabach."

„Ich wollte sie doch nur beschützen", murmelte er und streichelte sanft die Wange seiner Frau.

„Beschützen?", schrie Julia. „So nennen Sie das? Sie haben sie mit Medikamenten vollgestopft, bis sie hilflos im Rollstuhl saß und niemandem mehr sagen konnte, was Sie ihr antun!"

Er schüttelte den Kopf. „Nein, Sie verstehen nicht. Ich musste sie vor sich selbst schützen."

Timmy war verängstigt und durcheinander, sein Blick flog zwischen Julia und dem Mann hin und her, der nun tatsächlich in Tränen ausbrach.

„Ach ja?", fauchte Julia. „Ihre Frau hat mir aber eine ganz andere Geschichte erzählt."

„Das ist nicht meine Frau", sagte Herr Gabach, und für einen Moment wurde es ganz still.

„Nicht Ihre Frau?", echote Ralf verwirrt. „Aber wir dachten …"

„Das, was Sie denken sollten", erwiderte Herr Gabach und wischte sich die Tränen aus dem Gesicht. „Karli, Charlotte, wollte das so. Und ich, ich habe ihr jeden Wunsch erfüllt, wenn ich es konnte."

Julia fixierte ihn misstrauisch, während er an ihr vorbeiging, als ob sie gar nicht da wäre, und sich auf das Sofa fallen ließ. Auf einmal wirkte er gar nicht mehr bedrohlich.

Im Gegenteil. Es schien, als hätte ihn jegliche Kraft verlassen. Zusammengesunken, ein Häufchen Elend, knetete er seine Hände.

„Sie war die Liebe meines Lebens", stammelte er und hob den Kopf.

Timmy hatte noch nie einen solchen Schmerz und eine solch tiefe Trauer in den Augen eines Menschen gesehen. Die Furcht, die er vor dem Mann empfunden hatte, verflüchtigte sich, und er verspürte fast Mitleid mit ihm.

„Ich möchte, dass Sie verstehen", sagte Herr Gabach und warf Ralf und Julia einen flehenden Blick zu. „Bitte hören Sie mir erst zu, und dann können Sie die Polizei rufen. Ich werde hier ganz ruhig sitzen bleiben, das verspreche ich Ihnen."

„Also schön", erwiderte Ralf, auch wenn er nicht ganz überzeugt war, dass das eine gute Idee war. „Ich denke, es kommt nicht auf ein paar Minuten an."

Julia ging zum Telefon und legte demonstrativ eine Hand darauf.

„Danke", sagte Herr Gabach und schnäuzte sich umständlich.

„Alles, was geschehen ist, nahm vor vielen Jahren seinen Anfang in diesem Haus. Nikki, das war mein Kosename. Doch den haben mir nicht meine Eltern gegeben. So etwas war ihnen völlig fremd. Sie waren religiöse Fanatiker, komplett verblendet, und heute weiß ich, dass sie sich selbst gehasst und bestraft haben für ihre vermeintlichen Vergehen. Denn sie waren nicht verheiratet! Lebten also in Schande und Sünde. Doch das wusste niemand. Außer natürlich ihr erzürnter Gott, den sie fürchteten. Für den wir schon auf Erden in einer Hölle schmoren mussten …

Nikki

... Es war ein schwerer Fehler gewesen, zurückzukommen, das wusste er inzwischen. Aber wie hätte er ahnen können, was das auslösen würde? Was sie tun würde?

Karli hatte so gebettelt, ihn unter Tränen angefleht und er hatte nachgegeben. Er hatte wirklich geglaubt, dass er ihr helfen könnte. Dass sie keinen Rückfall erleiden würde. Ein annähernd normales Leben führen könnte, solange sie den Schein aufrechterhielten. Eine Rolle spielten und der Welt etwas vorgaukelten.

Ein liebendes Ehepaar.

„Warum sollten wir das tun?", hatte er sie gefragt.

„Nikki, mein Nikki." Er kannte dieses Lächeln schon sein ganzes Leben. „Weil man nicht nach deiner Frau sucht, sondern nach deiner Schwester. Und weil du mir damit beweist, dass du nur mich liebst. Dass endgültig Schluss ist mit deinen Frauengeschichten. Dass du unsere reine Liebe nicht wieder besudelst."

Ihre Liebe zueinander war immer rein geblieben. Sie hatten einander in ihrer tristen Kindheit Wärme gespendet, Zuneigung und Trost. Sich gestreichelt und geküsst. Unschuldig, frei von fleischlicher Sünde. Karli hatte ihn beschützt. Sich vor ihn gestellt und alles ertragen.

„Charlotte trägt dein Kreuz für dich", hatte seine Mutter einmal zu ihm gesagt, nachdem seine Schwester besonders viele Schläge an seiner Stelle eingesteckt hatte.

Charlotte. Es kam selten vor, dass ihre Eltern sie beim Vornamen nannten. Charlotte und Niklas. Für sie waren sie nur die Kinder, eine Bürde und Strafe, die Gott ihnen auferlegt hatte.

Doch für seine Schwester war er Nikki. Sie hatte ihn von Geburt an umsorgt, ihm all ihre Liebe geschenkt, die sonst niemand haben wollte. Karli war es, die ihn fütterte, an deren Hand er laufen lernte. Auf die er stundenlang still in einer Ecke wartete, bis sie wieder von der Schule kam.

So oft sie konnten schlichen sie sich aus dem Haus und liefen zum See. Verbrachten Stunden an ihrem geheimen Platz, an dem es keinen Gott und keine Eltern gab.

Er war zehn und Karli vierzehn, als das Unglück geschah. Als das rothaarige Mädchen sie entdeckte und ihr Leben für immer veränderte. Karli hatte aus Not gehandelt, das hatte er verstanden. Was sonst hätte sie tun können. Doch an diesem Tag geschah etwas mit ihr. Sie kam ihm danach manchmal ganz fremd vor, aber er konnte diese seltsamen Gefühle, die leise Angst vor ihr nicht einordnen. Er war angewiesen auf ihre bedingungslose Liebe und den Schutz, den sie bedeutete.

Doch als er sich eines Tages von anderen Mädchen angezogen fühlte, wurde ihre Liebe wahnhaft und zerstörerisch. Zu einer Bedrohung, die ihm die Luft zum Atmen nahm.

Natalie.

Wenn er geahnt hätte in welche Gefahr er sie brachte, nur, weil er sie anlächelte und ihre roten Haare bewunderte. Ein vierzehnjähriger Junge, der wohl kaum Chancen bei der selbsternannten Dorfkönigin hatte. Natalie war nur fünfzehn Jahre alt geworden.

Karli hatte ihm nie verraten, was sie mit ihr gemacht hatte oder wo sie war.

„Sie hat es verdient. Sie war eine schamlose Hure." Das war alles, was sie zu ihm gesagt hatte. Mit einem Ausdruck im Gesicht, der ihn zutiefst verstörte.

Eines Tages verschwand Karli, es brach ihm das Herz. Er hatte sie geliebt. Trotz allem. Nach der Schulzeit machte er eine Ausbildung in einer weit entfernten Stadt. Ließ alles hinter sich und staunte darüber, wie schön das Leben sein konnte. Wie frei man sich fühlen konnte.

Sein vierzigster Geburtstag stand kurz bevor, als er sich bereit fühlte. Bereit, endgültig ja zu sagen zu seiner langjährigen Freundin. Eine Familie zu gründen, die den Namen auch verdiente.

Einen Tag, nachdem sie bei einem Unfall ums Leben gekommen war, dessen Umstände nie genau geklärt werden konnten, stand seine Schwester vor seiner Tür.

„Nikki, mein kleiner Nikki", sagte sie und fiel ihm um den Hals. „Endlich, endlich habe ich dich gefunden."

Er stand da wie versteinert. Das konnte kein Zufall sein. Aber sein Verstand weigerte sich zu akzeptieren, dass Karli etwas mit dem Tod seiner Verlobten zu tun hatte.

Sie drängte sich in sein Leben, verschlang ihn mit Haut und Haaren. Er konnte sich nicht von ihr befreien, denn er liebte sie immer noch von ganzem Herzen. Er hielt es nicht aus, wenn sie unglücklich war und weinte.

Als er sich neu verliebte, fühlte er sich wie ein Ehebrecher und versuchte mit allen Mitteln, diese Beziehung vor seiner Schwester geheim zu halten. Als seine neue Freundin eines Abends mit roten Haaren im Restaurant auftauchte, traf ihn fast der Schlag. Haare so rot wie die von Biggi. So leuchtend wie die von Natalie.

„Bitte, mach das wieder rückgängig", fiel er mit der Tür ins Haus und fing sich einen zu Tode beleidigten Blick ein.

„Wie bitte? Alle sagen, dass es mir wunderbar steht!"

„Darum geht es nicht. Natürlich siehst du sehr hübsch aus, aber …"

„Aber was? Doch egal, was du jetzt sagst, das bleibt jetzt erst mal so. Du wirst dich schon daran gewöhnen."

Wie hätte er ihr erklären können, dass er sich Sorgen machte? Gar Angst um ihr Leben hatte?

Und dann geschah das, was er so sehr gefürchtet hatte. Sie lagen miteinander im Bett, als Karli wie eine Furie ins Zimmer stürmte. Schreiend vor Zorn, mit einem Messer in der Hand.

Er konnte sie aufhalten, das Schlimmste verhindern, doch Karli wurde verhaftet. Noch während der Prozess lief, wurde sie völlig wahnhaft. Griff jede Frau in ihrer Nähe an und landete schließlich in einer Klinik.

Er besuchte sie oft, und es brach ihm jedes Mal das Herz, wenn er sie sah. Unerreichbar hinter der Mauer, die sie um sich errichtet hatte. Man machte ihm keine großen Hoffnungen, und es dauerte viele Jahre, bis sie wieder reagierte und ihn erkannte.

Doch mit der Zeit schien es ihr endlich besser zu gehen, auch wenn die Aussicht auf eine Entlassung in weiter Ferne stand.

Es regnete in Strömen, als sie plötzlich vor ihm stand wie ein Geist aus der Vergangenheit. Völlig durchnässt, vor Kälte mit den Zähnen klappernd, klammerte sie sich an ihn.

„Hilf mir, Nikki, ich flehe dich an. Ich halte das nicht mehr aus. Ich sterbe, wenn du zulässt, dass man mich wieder einsperrt! Hilf mir! Hilf mir!"

Er hielt sie fest, spürte ihren Körper, der von einem Weinkrampf durchgeschüttelt wurde, und es war, als wären sie wieder Kinder. Die sich aneinander festhielten und beschützten …

Nele

„… Sie hatte sich alles genau überlegt", sagte Herr Gabach. Er klang erschöpft.

„Wir beide tragen ja den Nachnamen unserer Mutter, und im Haus unseres Vaters würde man nicht nach uns suchen. Und bestimmt niemand die Kinder erkennen, die vor Jahrzehnten das Dorf verlassen haben. Ich habe mich darauf eingelassen, doch ich habe Bedingungen gestellt. Wenn man sich ein wenig im Internet auskennt, ist es leicht, an Medikamente zu kommen, und ich dachte, so könnte ich meine Schwester unter Kontrolle halten. Und sie musste mir versprechen, niemals ohne mich das Haus zu verlassen. Mit niemandem zu reden."

Er blickte zum Rollstuhl und schluchzte auf.

„Sie hat sich in alles gefügt, ohne Widerrede geschluckt, was ich ihr gegeben habe. Wirkte glücklich und zufrieden. Das dachte ich jedenfalls. Ich hatte mir schon überlegt, dass ich im Dorf von ihren Genesungsfortschritten berichten könnte und Karli mehr Freiheit zugestehen. Sie aus dem Rollstuhl befreien. Ich selbst habe mir das so verzweifelt gewünscht, dass es wohl einfach für sie war, mich zu täuschen. Ich habe keine Ahnung, wie sie es geschafft hat, die Tabletten nicht zu schlucken und zu horten. Ich habe doch immer aufgepasst! Mich vergewissert! Und ich habe jeden Blickkontakt, jedes Gespräch mit anderen Frauen vermieden. Und nicht nur so getan, als interessiere ich mich nur für sie. Es war so. Ich habe beschlossen, den Rest meines Lebens für meine

Schwester zu sorgen. Doch dann wurde unsere Nachbarin Frau Kern misstrauisch. Fing an, Fragen zu stellen. Tauchte unerwartet bei uns auf. ‚Sie weiß es! Die alte Schnüffeltante hat uns erkannt!‘, hat Karli gesagt. Sie war nicht mehr davon abzubringen und wurde sehr wütend."

Herr Gabach schlug sich die Fäuste an die Stirn. „Ich bin mir sicher, dass Frau Kerns Tod kein Unfall war."

„Ich habe Ihre Schwester in der Nacht gesehen!", rief Timmy.

Ralf Braun fuhr zu ihm herum.

Er hatte den Jungen, der keine zwei Meter neben der toten Frau in einer Ecke kauerte, total vergessen. Himmel! Das war doch noch ein Kind, welchen Schaden würde diese verstörende Geschichte bei ihm anrichten?

„Geh nach Hause, Timmy", sagte Ralf. „Das ist wirklich nichts für dich."

Timmy hörte ihm nicht zu. „Ich konnte kaum was erkennen, ich dachte, dass ich mir eine Figur aus einer Geschichte eingebildet habe." Es klang sehr bedrückt.

„Das war sie", erwiderte Herr Gabach und sein Gesicht war vor Kummer verzerrt. „Es tut mir so unendlich leid, ich hätte das niemals für möglich gehalten, und ich wollte dem ein Ende machen. Ich habe meiner Schwester vorhin gesagt, dass ich sie zurück in die Klinik bringen muss! Dass es nicht mehr anders geht."

„Hat sie Nele auch etwas angetan?", flüsterte Julia. Sie hatte Angst vor der Antwort.

„Es … es wird mich mein Leben lang verfolgen", stöhnte Herr Gabach. „Ja, ja, ich bin mir sicher. Ich bin in jener Nacht aufgewacht, und sie war nicht da. Als sie zurückkam, war sie in einem entsetzlichen Zustand, und ich wusste, dass sie etwas Schlimmes getan hat."

„Was? Was hat sie getan? Wo ist Nele?", rief Julia.

„Das hat sie mir nicht gesagt. Ich habe kein Wort aus ihr herausgebracht."

„Dann könnte Nele vielleicht immer noch leben." Alle drehten sich zu Ralf.

Julia schöpfte neue Hoffnung. „Wo könnte sie sein? Gibt es einen Ort, an den Ihre Schwester Nele gebracht haben könnte? Bitte, bitte denken Sie nach!"

„Das habe ich, glauben Sie mir!" Herr Gabach rang die Hände.

Einen Moment schwiegen alle frustriert. Timmy starrte auf den Teppich unter seinen Schuhen. Er sah alt und abgewetzt aus. Auf verblassten Blumenranken saßen exotische Vögel, die es in Wirklichkeit vermutlich gar nicht gab. Frau Kern hatte fast denselben. Außer, dass auf ihrem Teppich Schmetterlinge über die Blumen flatterten. Er schluckte – und sprang plötzlich auf.

„Der Teppich!", brüllte er, und alle zuckten zusammen.

„Teppich? Welcher Teppich?", fragte Julia verwirrt.

„Der von Frau Kern!" Timmy geriet fast ins Stottern vor Aufregung. „Ich hab ihn gesehen! Im Stall, da, wo die Axt war!"

„Junge, ich habe das Ding auch gesehen", rief Ralf entgeistert.

Julia begriff immer noch kein Wort.

„Verstehst du nicht?", sagte Timmy völlig aus dem Häuschen. „Wenn der Teppich von Frau Kern dort ist, könnte doch auch Nele da irgendwo sein!"

„Oh Gott!", stammelte Julia. „Wo ist denn das? Wir müssen sofort hin und sie suchen!"

„Wenn sie tatsächlich noch lebt, dann ist sie wohl in einem sehr schlechten Zustand. Wir brauchen ärztliche Hilfe", sagte Ralf und versuchte die Ruhe zu bewahren. „Ich rufe bei der Polizei an, die sollen gleich einen Krankenwagen losschicken, aber das wird dauern, bis die hier sind. Wir müssen noch jemanden aus dem Dorf um Hilfe bitten."

„Frau Kern hat in der Schublade unter ihrem Telefon eine Liste mit Nummern von Leuten aus dem Dorf. Falls ich mal Hilfe benötige, hat sie gesagt", berichtete Timmy.

„Dann schnell! Hol sie!", rief Julia. „Und bring auch gleich mein Handy mit, es liegt auf dem Liegestuhl im Garten."

Timmy sauste los, und Ralf wählte die Notfallnummer.

Wenn Julia gewusst hätte, wo dieses Haus war, wäre sie schon losgerannt. Sie hielt es kaum mehr aus, sie war hin- und hergerissen zwischen Hoffnung und der Angst vor dem, was sie finden würden.

Herr Gabach saß reglos und stumm auf dem Sofa. Er schien die Umwelt nicht mehr wahrzunehmen.

Julia versuchte, Mitleid für ihn zu empfinden, doch es gelang ihr nicht.

Er! Er hat Schuld an allem, was geschehen ist! Er hat doch gewusst, wie krank und gefährlich seine Schwester war. Niemals hätte diese Frau frei herumlaufen dürfen. Man hätte sie einsperren müssen und den Schlüssel wegwerfen!

Außer Puste stürmte Timmy ins Zimmer, in dem Moment, als Ralf der Polizei endlich alles erklärt hatte und auflegte.

„Hab ich auch noch in der Schublade gefunden!" Triumphierend schwenkte Timmy zwei Taschenlampen.

„Kluger Junge", sagte Ralf und riss ihm das Blatt mit den Telefonnummern aus der Hand. Er warf einen Blick darauf, runzelte die Stirn und sah auf die Uhr.

„Ich rufe am besten im Gasthaus an. Ich fresse einen Besen, wenn nicht genau die Leute, die wir jetzt brauchen, nicht alle da noch zusammenhocken."

Er weiß es sicher am besten, dachte Julia beklommen. Jede Minute, die verging, war eine Qual für sie.

„Ralf Braun hier", sagte Ralf in einem Ton, den Timmy noch nie bei ihm gehört hatte. „Jetzt einfach die Klappe halten und zuhören. Und gleich vorab, ich mache keine Witze, ich meine es todernst, und es handelt sich um einen echten Notfall …"

Julia kam es ewig vor, bis er endlich wieder auflegte.

„Sie kommen", sagte Ralf erleichtert. „Ein paar sind wahrscheinlich nicht mehr ganz nüchtern, aber das spielt jetzt keine Rolle."

„Dann los! Suchen wir Nele!", rief Timmy.

„Du bleibst hier, junger Mann. Das heißt, du gehst jetzt auf den Campingplatz zu deiner Mutter", sagte Ralf. „Sie wird mir den Kopf abreißen, wenn ich zulasse, dass du noch weiter in diesen Wahnsinn verwickelt wirst."

Es war doch schon alles schlimm genug, und Ralf wollte dem Jungen den Anblick einer weiteren Leiche ersparen.

„Was?", rief Timmy empört. „Auf keinen Fall, ich will suchen helfen!"

„Bis jemand aus dem Dorf kommt, können wir jede Hilfe gebrauchen", sagte Julia.

Wo sie recht hat, hat sie recht, dachte Ralf. „Na schön", brummte er widerwillig. „Aber, wenn ich dir befehle, du sollst dich verziehen, dann tust du das auch! Hast du verstanden?"

Timmy nickte eifrig und lief voraus.

Julia warf noch einen letzten Blick auf Herrn Gabach, bevor sie den beiden folgte.

Er saß immer noch da, als hätte er alles um sich vergessen. Als wolle er den Rest seines Lebens auf dem Sofa neben seiner toten Schwester verbringen.

Im Licht der Taschenlampen glommen gelbe Augen. Ein Fuchs, der so schnell wieder verschwand, wie er aufgetaucht war. Julia, die den Weg mit ihrem Handy beleuchtete, bemerkte ihn nicht.

Ralf hätte sich auch zurechtgefunden, wenn es stockfinster gewesen wäre. Er war die Strecke schon zu oft gegangen und hatte sich vorgenommen, nicht mehr zurückzukehren. Doch jetzt sah es ganz danach aus, als halte dieses Haus noch eine traurige Erinnerung für ihn bereit, die ihn verfolgen würde.

Julia erschrak, als sie aus dem Waldstück traten. Die geschwärzte Ruine des Bauernhauses ragte bedrohlich vor ihnen auf. Ein beklemmendes Gefühl schnürte ihr die Kehle zu.

Hier riecht es förmlich nach Tod, schoss es ihr durch den Kopf und schob den Gedanken schnell beiseite.

„Hier drin!", rief Timmy und winkte.

Sie folgten ihm in den Stall und leuchteten auf einen zusammengeknüllten Teppich in einer Ecke. Timmy zerrte daran und betrachtete ihn genau.

„Das ist er!", rief er triumphierend. „Das ist ganz sicher der Teppich aus Frau Kerns Haus!"

„Das muss Blut sein", flüsterte Julia und deutete auf den dunklen Fleck auf dem Muster. Ihr Herz schlug schneller.

Sie sahen sich um. Der Teppich war da, aber wo war Nele?

„Hier kann sie nicht sein", sagte Ralf. „Ich kenne jeden Winkel. Im Stall gibt es keinen Ort, wo man jemanden verstecken kann."

„Auch nicht hinter der Wand?", fragte Timmy, dem einfiel, wo sie die Axt gefunden hatten.

Ralf schüttelte den Kopf. „Nein, unmöglich. Und es gibt auch keinen Keller."

„Dann suchen wir im Haus", rief Julia und rannte, von Timmy gefolgt, davon.

Ralf ging ihnen nach. Er hatte nicht viel Hoffnung. Er wusste, wie es da drin aussah. Wäre Nele dort, dann hätten die Kinder sie entdecken müssen, als sie sich im Haus herumgetrieben hatten.

Als er zögernd den Eingang betrat, konnte er ihre Schritte hören. Hören, wie weitere Überreste der Vergangenheit unter ihren Schuhen zu Staub zermalmt wurden, während Lichtblitze durch die Dunkelheit zuckten.

„Nichts, sie ist nicht da!", rief Julia verzweifelt.

„Könnte sie irgendwo da oben sein?", fragte Timmy und deutete an die Decke. Er konnte Julia kaum mehr ansehen und fühlte sich ganz elend.

Ralf schüttelte den Kopf. „Völlig unmöglich. Die Treppe ist beim Brand zusammengekracht, und sie war der einzige Weg nach oben."

„Von außen? Mit einer Leiter?"

Julia hörte selbst, wie das klang. Niemals hätte diese Verrückte Nele da hochschleppen können. Selbst ein kräftiger Mann hätte Schwierigkeiten gehabt. Julia hatte im Stall eine Leiter gesehen, aber die hing anscheinend schon seit Jahren an der Wand. Sie war wie mit Putzfäden von Spinnweben überzogen.

„Nein, wirklich nicht", erwiderte Ralf bedauernd. „Selbst, wenn sie es irgendwie raufgeschafft hätte, wäre der morsche Boden unter ihr eingebrochen, sobald sie einen Fuß daraufgesetzt hätte. Wir müssen draußen weitersuchen."

Sie kann in diesem endlosen Wald weiß Gott wo sein. Irgendwo verscharrt, dachte er mutlos.

„Gibt es auf Bauernhöfen nicht normalerweise eine Jauchegrube?", fragte Julia.

„Ja, die gibt es", erwiderte Ralf. „Aber die ist leer. Schon lange. Ganz sicher nicht als Versteck geeignet."

„Wir sehen trotzdem nach", beharrte Julia, und Ralf ging voran.

Enttäuscht leuchteten sie den Boden ab. Auf dem Grund der Grube wucherten Gras und Moosflechten. Ein paar Steine lagen dazwischen, und in einer Ecke lag das Skelett eines kleinen Tiers. Einer Ratte, allem

Anschein nach, die wohl hineingefallen war und es nicht mehr hoch geschafft hatte.

Julia begann zu weinen, und Timmy schob seine Hand in die ihre. Es schien so hoffnungslos, dass er allen Mut verlor.

Am liebsten wäre er jetzt in seinem Zelt gelegen, und noch lieber wäre ihm gewesen, wenn alles nicht passiert wäre. Er fühlte sich plötzlich wieder wie früher, wie der kleine Junge, der schreckliche Angst bekommen hatte, wenn seine Mom sich mal verspätete. Verloren und verängstigt.

Das wäre wohl zu einfach gewesen, wenn wir Nele da unten gefunden hätten, dachte Ralf resigniert.

Da unten? Er schlug sich an die Stirn.

„Himmel, den habe ich ja total vergessen!", rief er. „Der Brunnen. Es gibt noch einen Brunnen! Der ist seit ewigen Zeiten versiegt. Mein Schwager hatte mal die verrückte Idee, ihn wieder zum Leben zu erwecken, aber wie alles, was er in die Hand genommen hat …"

„Wo? Wo ist dieser Brunnen", fragte Julia aufgeregt.

Ralf sah sich um. „Keine Ahnung! Irgendwo da drüben, glaube ich. Er ist abgedeckt mit einer Holzplatte. In dem ganzen Gestrüpp wahrscheinlich kaum mehr zu finden."

Timmy stürmte los. Er hatte eine ziemlich genaue Vorstellung, wo der Brunnen sein könnte. An der Stelle, über der in seinem Traum die gruseligen Geister geschwebt waren. Die ihn so geängstigt hatten.

„Hier! Hier ist er!", schrie er und versuchte, die Finger unter den Deckel zu zwängen.

„Zur Seite, Junge", knurrte Ralf, hob den Deckel an und warf ihn ins Gras.

Julia leuchtete mit ihrem Handy in die Tiefe, und ihr Herz machte einen Sprung.

„Da ist sie!", schrie sie, und ihre Stimme überschlug sich. „Nele! Nele! Kannst du mich hören?"

„Sie bewegt sich nicht", sagte Timmy, der sich auf den Bauch geworfen hatte und hinunterspähte.

Es war nur ein leises Wimmern, doch sie konnten es alle drei hören.

„Sie lebt! Gott sei Dank, sie lebt noch", flüsterte Julia. Vor Freude wurde ihr fast schwarz vor Augen.

„Wie kriegen wir sie da hoch?", fragte Timmy.

Eine gute Frage, dachte Ralf und versuchte abzuschätzen, wie weit es bis zum Grund war. Viel zu weit, klettern war unmöglich, und vor allem, wie sollte er Nele ganz alleine hochtragen? Es machte nicht den Anschein, als ob sie überhaupt noch einen Finger rühren konnte.

Herr im Himmel, jetzt tu doch was! Wann kommen die endlich?

Als hätte man ihn erhört, vernahm er das Geräusch von Motoren, Autos, die sich schnell näherten. Er hob den Kopf und kniff geblendet von Scheinwerfern die Augen zu.

Vier Autos preschten auf den Hof und hielten mit knirschenden Reifen. Allen voran der neue, monströse Offroader des Bürgermeisters, der eine mächtige Staubwolke aufwirbelte.

„Hierher, Männer!", brüllte Ralf und musste husten. „Hier! Wir haben sie gefunden."

Die Zeit schien stillzustehen. Man hatte sie verscheucht, Timmy und Julia standen etwas abseits und hielten sich an den Händen.

Angstvoll beobachteten sie die Bemühungen der Männer, die mit Abschleppseilen und Jacken eine Konstruktion anfertigten, mit deren Hilfe man zu Nele hinuntergelangen wollte.

Julia hielt den Atem an, als einer der Männer endlich in der Tiefe verschwand. Die anderen standen dicht gedrängt um das Brunnenloch, Julia konnte weder sehen, was vor sich ging, noch verstehen, was sie einander zuriefen.

Bitte! Bitte! Bitte! Das war alles, was sie denken konnte.

Und dann wurde sie aus dem Schacht gehoben. Nele.

Die Männer legten sie vorsichtig ins Gras, und Julia drängte sich in den Kreis.

Neles wunderschöne Haare lagen ausgebreitet um ihren Kopf. Stumpf, verklebt, ihr Gesicht war tief eingefallen und grau. Dunkle Ringe lagen unter ihren Augen, und sie gab nur ein kaum hörbares Wimmern von sich.

„Nele, Nele, ich bin's", flüsterte Julia und streichelte sanft ihre schmutzige Wange. „Kannst du mich hören? Nele?"

Nele öffnete die Augen, ihr Blick irrte haltlos umher.

„Nele, du bist in Sicherheit! Hörst du? Frau Gabach ist tot, sie kann dir nichts mehr tun!"

Nele sah sie an, und für einen Moment wurde ihr Blick ganz klar.

„Sie ... nein ... nicht sie ..." Ihre Lippen waren verkrustet und eingerissen, Nele konnte kaum sprechen. „Das war er ... ihr Mann, ... er stand vor meinem Bett und hat mich ... hat ..."

Nele verdrehte Augen und verlor das Bewusstsein.

Sie sahen einander schockiert an.

„Er hat uns belogen!" Julia war fassungslos.

„Der verfluchte Kerl hat uns alle getäuscht!" Ralf war wie vom Blitz getroffen. „Reingelegt! Verdammt, ich habe ihm die Geschichte abgekauft, wer kann sich denn auch so was ausdenken?"

Aus der Ferne hörten sie das Heulen einer Sirene. Der Krankenwagen. Hilfe für Nele.

Das war alles, was jetzt zählte.

Nikki und Karli

„Es tut mir so leid, Karli", sagte Niklas Gabach und säuberte vorsichtig das Kinn seiner toten Schwester mit einem feuchten Tuch.

„Es tut mir leid, dass man dich nun für eine Mörderin hält, aber was hätte ich sagen sollen? Und das spielt jetzt auch keine Rolle mehr, findest du nicht? Wir hätten beide sterben sollen. Ich wollte zusammen mit dir gehen. Ich kann nicht ohne dich leben, das weißt du doch. Was musste sich dieses Weib jetzt noch einmischen!"

Er trat einen Schritt zurück und überlegte, ob er ihr eine saubere Bluse anziehen sollte.

Sie hatte sich erbrochen, nachdem er ihr die Limonade eingeflößt hatte. Karli hatte sich heftig gewehrt, wollte nicht begreifen, dass der Tod die einzige Lösung für sie beide war. Denn niemals wieder würde er sich in die Klinik sperren lassen, und genau das hatte Karli vorgehabt.

Sie wollte ihn wieder verlassen. Wie damals, nachdem er die Schlampe Natalie aus ihrem Leben entfernt hatte. Er hatte das Entsetzen in den Augen seiner Schwester gesehen. Die Angst, die sie seitdem vor ihm hatte, hatte er gespürt, wenn er sie umarmen wollte. Festhalten.

Karli verschloss sich immer mehr, entzog sich, und je heftiger er sich um sie bemühte, desto mehr entglitt sie ihm.

Sie hatte auch nicht mehr an den See gewollt. An ihren geheimen Platz, an dem er so glücklich mit ihr gewesen war.

Und eines Tages ging sie fort.

Es hatte sich angefühlt, als hätte man ihm ein Stück seines Körpers amputiert. Seine Seele in zwei Hälften gerissen.

Als er endlich alt genug war, um alleine durchzukommen, rannte er davon. Machte er sich auf die Suche nach ihr.

Jahrelang. Doch Karli war unauffindbar. Er musste ein Leben ohne sie führen. Ein nach außen hin normales Leben. Es gelang ihm nicht. Er war ein Ertrinkender auf dem offenen Meer.

„Ständig haben sie mich in Versuchung geführt", sagte er und bettete die schlaffen Hände seiner Schwester in ihren Schoss.

„Ich war so einsam, schwach, bin der Versuchung erlegen. Doch das weißt du ja. Ich habe mich dafür geschämt, besudelt gefühlt. Immer habe ich dein Gesicht vor mir gesehen. Wie du mich angeschaut hast. Die reine Liebe in deinen Augen. Das andere war tierisch, ekelhaft. Sie waren wie giftige Blumen. Ich musste sie zerstören."

Er sank schluchzend vor ihr auf die Knie und legte den Kopf in ihren Schoß.

„Warum konntest du denn nicht begreifen, dass ich uns nur verteidigt habe? Genauso wie du, damals am See, als du Biggi aus unserem Leben getilgt hast! Warum nur hast du mich verraten! Wir hätten doch endlich glücklich sein können! Du hast geschworen, dass du deinen Nikki immer lieben und beschützen wirst. Waren das nur leere Worte? Warum hast du dein Versprechen gebrochen?"

Aus der Ferne näherte sich Sirenengeheul, und er erhob sich mühsam.

„Sie kommen", sagte er. „Aber sie sind zu spät. Nele ist längst tot. Du wolltest mit ihr reden, so war es doch? Ich habe gesehen, wie nervös du warst. Gezappelt hast du in deinem Rollstuhl, mein Dummerchen. Du hast dich schrecklich aufgeregt, und das konnte ich mir nicht anschauen. Das hat dir nicht gutgetan."

Gedankenverloren stieg er die Treppe hoch. In einer winzigen Kammer lag zwischen gebündelten Zeitungen, Eimern und Putzgeräten das, was er brauchte.

Als er wieder ins Wohnzimmer kam, betrachtete er seine Schwester eine lange Zeit. Sie kam ihm verändert vor. Eine lebensgroße Puppe, die kaum mehr Ähnlichkeit mit seiner geliebten Karli hatte.

Sie war gar nicht mehr da.

„Ich weiß, wo du bist", sagte er und presste das Seil an seine Brust. „Wir werden für immer zusammen sein. Karli und Nikki, und niemand kann uns mehr trennen."

Er rannte aus dem Haus, hinunter zum See.

Wo eine Trauerweide mit starken Ästen schon auf ihn wartete.

Trotz allem

Da waren sie!

Bombe, Freddy und Steffi. Seine Gang! Mitten im Gewusel der Kinder, von denen die meisten nicht besonders glücklich darüber waren, dass die Ferien zu Ende waren.

Timmy ging lächelnd auf sie zu. Er freute sich nicht nur über den Schulbeginn, sondern vor allem, dass er überhaupt noch hier sein konnte.

Noch in der Nacht, in der sie Nele gefunden hatten, wollte seine Mom die Koffer packen und abreisen.

„Wo sind wir denn hier gelandet?", hatte sie gebrüllt. „Liegt ein Fluch auf diesem Dorf? Hier kann man doch kein Kind großziehen!"

Es hatte eine Menge gutes Zureden gebraucht, bis sie sich ein wenig beruhigt hatte. Dass sie nun doch blieben, war auch Bombes Vater zu verdanken. Er hatte eine Menge Pläne.

Weil das mit dem Campingplatz so gut gelaufen war, wollte er noch mehr Touristen in das Dorf locken. Er wollte zwei leerstehende Häuser zu Ferienwohnungen umbauen, und er suchte nach Ideen, die auch im Winter funktionieren würden.

Und seine Mom sollte ihn dabei unterstützen.

„Timmy, ich habe jetzt fast so viel zu sagen wie der Bürgermeister", hatte ihm seine Mutter mit einem schiefen Lächeln erklärt und tief geseufzt. „Keine Ahnung, worauf ich mich da wieder einlasse."

„Du machst das schon, Mom, wie immer." Timmy war einfach nur glücklich gewesen, dass er bleiben konnte.

„Aber das verspreche ich dir!" Seine Mom hatte ihn angefunkelt. „Sollte hier noch mal eine Leiche auftauchen, dann war's das!"

„Mann, da bist du ja endlich", knurrte Bombe und schlug Timmy auf die Schulter.

„Hast du Neuigkeiten von Nele?", fragte Steffi. In ihrem neuen pinkfarbenen Shirt sah sie besonders hübsch aus, und Timmy hatte Mühe, sie nicht anzustarren.

„Es geht ihr schon viel besser", sagte er. „Am Wochenende besuchen wir sie wieder. Julia hat erzählt, dass das mit ihrem Rücken doch nicht so schlimm ist, wie man zuerst gedacht hat. In ein paar Wochen sollte sie wieder laufen können."

„Wär echt ein Elend, wenn sie den Rest ihres Lebens in einem Rollstuhl hocken würde." Freddy schnitt eine verlegene Grimasse, als er sah, wie sich Timmys Gesicht verdüsterte. Das Wort Rollstuhl hörte er nicht mehr gerne.

„Mann, das war echt ein krasses Ding, ich kann immer noch nicht fassen, wie du da reingeraten bist", sagte Bombe und schüttelte den Kopf. „Wenigstens sind jetzt die ganzen Reporter wieder abgehauen, das war ja hochgradig krass. Mein Alter ist fast durchgedreht! Die haben einfach jeden gelöchert. Jede Menge Runden Schnaps spendiert und alles veröffentlicht. Auch den Quatsch von Leuten, die von gar nichts wissen und einfach irgendeinen Käse erzählt haben."

„Was in der Zeitung steht, ist sowieso zur Hälfte gelogen", verkündete Freddy. „Mein Vater guckt Nachrichten nur im Internet."

„Und du glaubst wirklich, dass da dann alles stimmt und echt ist?", plusterte sich Bombe auf.

„Jetzt streitet euch doch nicht", sagte Steffi. „In zehn Minuten fängt die Schule an."

„Vielleicht könntest du uns ja jetzt endlich alles mal genau erzählen", fragte Bombe.

Er drängte Timmy schon seit Tagen, denn er hatte ihnen zu seiner Enttäuschung nicht viel erzählt. Kaum war das Absperrband von der Polizei entfernt worden, war Bombe neugierig zum See gelaufen und hatte sich den Baum angeschaut, an dem dieser Irre sich aufgehängt hatte. Aber es gab nichts zu sehen. Einfach nur den alten Baum, an dem er schon hundertmal vorbeigezottelt war. Sonst nichts. Ziemlich frustrierend.

Timmy hatte nicht viel geredet. Außer mit Herrn Braun. Und natürlich mit Julia und Nele. Er hatte Zeit gebraucht. Anfangs hatte er manchmal nachts im Traum geschrien, und seine Mom hatte ihn prompt zu einer Psychologin geschleppt. Doch in letzter Zeit waren die Albträume weniger geworden. Die Bilder verblassten. So wie die Sonne, die jetzt auch nicht mehr so stark vom Himmel brannte. Und vielleicht würde es ihm noch besser gehen, wenn er mit seinen Freunden über all die schrecklichen Dinge sprach.

„Na gut", sagte Timmy. „Nach der Schule treffen wir uns in Bombes Zelt."

„Cool, Mann, endlich", rief Bombe erfreut.

„Hey, wer ist der denn?", fragte Freddy und deutete auf einen schlaksigen Jungen, den er noch nie auf dem Schulhof gesehen hatte.

Sie drehten sich nach ihm um.

Er sah ganz nett aus und hatte eine auffällige Schultasche geschultert. Nagelneu und ganz modern.

Timmy kniff alarmiert die Augenbrauen zusammen. Es war offensichtlich, dass der Junge unverhohlen Steffi anhimmelte.

Dagegen musste etwas unternommen werden!

Ralf

Mit einem kleinen Korb und einem Pilzmesserchen bewaffnet, stiefelte Ralf durch den Wald. Beides hatte ihm Frau Engele in die Hand gedrückt und ihn mit einer genauen Wegbeschreibung losgeschickt.

Nachdem sie Ralf einen ausgezeichneten Espresso serviert und ihn mit Keksen gefüttert hatte. Seit ein paar Tagen wollte ihn plötzlich das halbe Dorf einladen. Denn nun war er nicht mehr der seltsame Kauz vom Campingplatz, sondern ein Held.

Das fühlte sich ungewohnt, aber ziemlich gut an. Der Bürgermeister hatte ihn gefragt, was er davon halten würde, wenn man den Hof renovieren und in Ferienwohnungen aufteilen würde. Er hatte sogar von einem Ponyhof für Kinder gefaselt.

„Hoffentlich dreht er jetzt nicht durch", hatte Frau Engele kopfschüttelnd gesagt. „Woher soll denn das ganze Geld dafür kommen?"

Ralf würde den Hof am liebsten abreißen. Niederwalzen und auch noch das letzte Staubkorn zermalmen. Doch eigentlich wusste er, dass er nur in seinen Gedanken und Emotionen Ordnung schaffen musste, dann wäre es egal, was mit dem Hof geschah. Also würde er die Schenkungsurkunde unterzeichnen. Und vielleicht wäre es sogar heilsam für ihn, an diesem Ort wieder Kinderlachen zu hören.

Mist! Nach links oder rechts?

Er war so in Gedanken versunken gewesen, dass er die Orientierung verloren hatte. An diesem Ort war er noch nie gewesen, Wie sollte er nun die von Frau Engele hochgepriesene Stelle finden?

„Ihnen werden die Augen aus dem Kopf fallen", hatte sie ihm versichert. „Da finden Sie kiloweise Steinpilze! Ich koche Ihnen davon ein Risotto, so was haben Sie im Leben noch nicht gegessen!"

Daraus wird wohl nichts, dachte Ralf und sah sich um.

Die Bäume ringsum waren alt und knorrig. Standen dicht beieinander wie ein Heer buckliger Soldaten. Auf den moosbewachsenen Stämmen wucherten Gesichter. Nasen aus abgebrochenen Zweigen. Augen und Münder aus verfaulter Rinde. Dünne Finger an den verdrehten Ästen.

Es war kalt und feucht, und es roch nach Moder.

Verfault.

Ralf fühlte sich unwohl. Ich lass das mit den Pilzen und geh nach Hause, dachte er. Morgen ist ja auch noch ein Tag.

Er drehte sich einmal im Kreis und versuchte sich zu erinnern, aus welcher Richtung er gekommen war. Alles sah irgendwie gleich aus. Als hätten sich die Bäume geklont und sich rund um ihn aufgereiht.

Ralf blickte zum Himmel. Aber die Sonne, an deren Stand er sich hätte orientieren können, war verschwunden. Durch die schwarzen Blätter sanken Nebelfetzen.

Schwarz?, durchzuckte es Ralf. Waren die vorhin nicht noch grün gewesen?

Er wollte es sich nicht eingestehen, doch das mulmige Gefühl wuchs. Angst.

„Unsinn, reiß dich zusammen und mach, dass du nach Hause kommst!", schalt er sich leise murmelnd.

Er senkte den Kopf und suchte den Boden ab. Irgendwo musste er mit diesen klobigen Gummistiefeln doch eine Spur hinterlassen haben!

Nichts. Nicht das geringste Anzeichen, dass überhaupt jemals eine Menschenseele hier vorbeigekommen war.

Der Boden war übersät mit abgestorbenen Blättern. Eine dunkle, schmierige Masse, und er konnte gar nicht verstehen, dass ihm das vorhin nicht aufgefallen war. Er wäre sofort umgekehrt, denn hier sprießten ganz bestimmt keine Pilze.

Nicht einmal giftige!

Er wollte gerade loslaufen, egal wohin, denn irgendwo würde er dann schon ankommen, als er eine Gestalt bemerkte, die reglos an einen Stamm gelehnt stand.

Ein Mann.

„Hallo?", sagte Ralf und hob winkend die Hand. „Wissen Sie vielleicht, wie ich …"

„Hallo Ralf, alter Junge", antwortete der Mann. „Suchst du etwa immer noch nach mir?"

Unter Ralfs Sohlen bewegte sich der Boden, und er wurde von einem solchen Schwindelgefühl erfasst, dass er Mühe hatte, sich auf den Beinen zu halten.

„Torsten", stieß er hervor, während sich in seinem Kopf ein Gedanke drehte wie auf einem Karussell.

Das kann nicht sein! Das kann nicht sein! Das ist unmöglich.

Als könne er seine Gedanken lesen, begann der Mann zu kichern. „Doch, doch, ich bin es. Bist du denn nicht froh, mich endlich gefunden zu haben?"

Ralf war unfähig, zu antworten, und konnte sich nicht rühren, als er auf ihn zukam.

Der Mann zog ein Bein hinter sich her. Seine zerlumpten Kleider starrten vor Dreck. Sein Kopf war mit Narben übersät und fast kahl. Nur an einer Seite hing ihm eine lange, graue Strähne bis auf die Schulter.

Als er etwa noch fünf Schritte von ihm entfernt war, konnte Ralf sein Gesicht sehen. Eine Kraterlandschaft, ein Auge so vernarbt, dass er es nicht mehr öffnen konnte. Die Lippen, unförmige Wülste, waren zu einem Grinsen verzogen.

In der Hand hielt er eine Axt.

Ich habe den Verstand verloren, dachte Ralf. Das kann doch gar nicht sein. Wie hat er alle die Jahre überlebt? Wo hat er sich die ganze Zeit versteckt? Dann sagte Torsten etwas, das ihn aus seiner Erstarrung riss.

„Haben Lisa und die Kinder ein schönes Grab bekommen? Das hätten sie ja eigentlich nicht verdient, diese miesen Verräter."

Etwas zerbrach in Ralf. Wie damals konnte er nicht mehr klar denken, und er stürzte sich brüllend auf ihn. Wie von Sinnen ging er blindlings mit dem winzigen Pilzmesser auf ihn los.

Torsten war schnell. Geschmeidig wich er ihm aus, hüpfte nach links und rechts und schlüpfte hinter die Baumstämme wie ein Wiesel.

Und lachte die ganze Zeit.

„Gib auf!", rief er, als Ralf keuchend einen Moment innehalten musste. „Du kriegst mich nie!"

Das werden wir noch sehen, dachte Ralf, übermannt von Zorn.

Wie aus dem Nichts prasselte Regen auf sie nieder. Ein Sturzbach aus Wasser, und wie durch einen Vorhang sah er Torsten davonrennen. Ralf konnte kaum noch etwas sehen, doch er folgte ihm, so schnell er konnte.

Noch einmal würde er ihm nicht entkommen!

Er spürte, wie seine Beine mit jedem Schritt schwerer wurden, auf dem matschigen Grund kam er kaum noch von der Stelle. Und dann verlor er Torsten aus den Augen.

Wo ist er hin? Hektisch sah Ralf sich um.

Die Gegend kam ihm wieder vertraut vor. Da vorne, die Böschung, führte hinunter zu dem Bach, in dem im Frühling die Frösche laichten.

Er rannte darauf zu. Um ihn gurgelte das Wasser, das der Boden schon längst nicht mehr schlucken konnte. Das Gras unter seinen Gummistiefeln war rutschig, er konnte nicht mehr rechtzeitig bremsen und stürzte.

Wie ein Schlitten glitt er auf dem Bauch den Abhang hinunter.

An einer Stelle hatte der Regen ein großes Stück des Hangs weggespült und ein klaffendes Loch freigelegt.

In dem, was von einer kleinen Höhle noch übrig war, lag er zusammengekrümmt wie ein Embryo.

Torsten.

Ralf krallte sich am Gras fest und starrte ihn an, während ihm der Regen ins Gesicht klatschte.

Knochen, umhüllt von Lumpen.

„Du wolltest Rache? Mich umbringen? Ich bin doch schon lange tot. Also hör endlich auf und lass mich in Ruhe."

Hatte Torsten das jetzt wirklich gesagt?

In dem Moment, in dem Ralf das dachte, rutschte er ab und stürzte in den Bach.

Mit einem Schmerzensschrei richtete Ralf sich auf. Er lag auf dem Boden vor seinem Bett. Der Regen hatte sich in Hagel verwandelt, der auf dem Dach des Wohnwagens einschlug, als stünde er unter Beschuss.

Ralf rappelte sich auf und machte eine Lampe an.

Himmel, was für ein Albtraum, hört das denn nie auf?

Er beschloss, sich einen Tee zu kochen, und während er in den Schränken kramte und das Wasser aufsetzte, traf er eine Entscheidung.

Er würde jetzt endgültig loslassen. Aufhören, wie Torsten in seinem Traum gesagt hatte. Ihn in Ruhe lassen.

So wie sich das da draußen anhört, müssen wir wohl mit Überschwemmungen rechnen, dachte Ralf, während er seinen Tee schlürfte.

Mit Erdrutschen!

Vielleicht sollte ich doch mal an der Stelle nachschauen.

Was ich Ihnen noch sagen wollte

Danke, dass Sie mir bis hierher gefolgt sind. Ich hoffe, ich konnte Sie gut unterhalten. Vielleicht darf ich Sie noch in eines meiner anderen Bücher entführen? Falls ich Ihre Neugierde geweckt habe, haben Sie auf den nächsten Seiten Gelegenheit, etwas zu schmökern.

Wenn Sie mir schreiben möchten – und darüber würde ich mich freuen! –, finden Sie die Kontaktdaten auf meiner Homepage: www.connyluescher.ch

Also dann, vielleicht bis bald?

Herzlichst Ihre

Conny Lüscher

Bücher und ebooks:
Böse Konsequenzen
Die sonnige Zeit
Erkenne das Böse
Hornissenbrut
Stummer Schrei
Nur noch Stille
Mörderische Turbulenzen in der Bäderstadt
Mord in der Bäderstadt
Baden kann tödlich sein
Leana

Leseproben auf den nächsten Seiten.

Leseproben

Böse Konsequenzen
Psychothriller

Aline

„Hast du wirklich auf deinen Vater eingestochen? Komm, sag schon!"

„Er ist nicht mein Vater", sagte Aline und versuchte die Wut zu unterdrücken, die in ihr hochkochte. Das Mädchen, mit dem sie sich das Zimmer teilen musste, war eine dämliche Bitch. Sie plapperte den ganzen Tag in Endlosschlaufen und stellte dumme Fragen.

„Dann eben dein Stiefvater, oder Pflegevater, ist doch egal. Ich will nur wissen, ob es stimmt. Also, hast du auf ihn eingestochen?"

„Ja."

„Wow! Und? Ist er tot?"

„Nein."

Eduard hatte nur geblutet wie ein Schwein und ihr das hier eingebrockt. Eine Erziehungsanstalt, ein Heim für böse Mädchen.

„Und was ist mit deiner Mutter?"

Aline hätte ihr erzählen können, dass auch ihre Mutter in einem Heim hockte. In einer psychiatrischen Klinik, auf der Suche nach der Tür, durch die man zurück ins Leben gehen konnte. Aline glaubte allerdings nicht daran, dass sie die jemals wiederfinden würde. Aber dieser Bitch würde Aline das ganz sicher nicht auf die Nase binden.

„Du kannst froh sein, dass du noch nicht volljährig bist, vielleicht kommst du ja bald wieder hier raus."

Todsicher, dachte Aline und holte zum Schlag aus.

Melly

Vor dem vierstöckigen Wohnblock schimmerte die Welt in einem goldenen Licht, als hätte ein Künstler einen riesigen Pinsel in die Sonne getunkt und alles mit warmen Farben übermalt. Ein Herbstnachmittag wie aus dem Bilderbuch, und Mellys Augen brauchten einen Moment, um sich an die Düsternis im Flur zu gewöhnen.

Leise schloss sie die Wohnungstür hinter sich, blinzelte und lauschte. Nichts.

Mama schläft, dachte sie, zog die Jacke aus und hängte sie an den überladenen Kleiderständer, dessen Umrisse sich aus der Dunkelheit schälten. Sie wollte kein Licht machen, kein Geräusch, nur ganz schnell in die Küche huschen.

Mama schläft.

Sechs Tage in der Woche schlief sie tagsüber, denn Iris Keller war fast die ganze Nacht unterwegs. Putzen. In Büros und Praxen, in einer Bank und nach Mitternacht in zwei Lokalen, die dann geschlossen waren. Ihr Chef, der sie und ein Dutzend weiterer Frauen beschäftigte, war ein Sklaventreiber.

Das sagte Mama immer wieder. Jetzt schlief sie. Aber ob es ein guter oder schlechter Schlaf war, wusste Melly noch nicht. Mit der Fußspitze stieß sie an eine Tüte auf dem Boden, in der es leise klirrte.

Da wusste sie, dass es ein schlechter Schlaf war. Melly hob die Tüte hoch und trug sie in die Küche. Hier war es hell, der einzige Ort in der Wohnung ohne zugezogene Vorhänge. Melly stellte die Tüte auf den Tisch und packte den Inhalt aus. Nudeln, ein Brot, eine Packung Fischstäbchen, die sich weich und feucht anfühlte, eine Gurke und ein paar Tomaten.

Gummibärchen, die wohl für sie gedacht waren. Eine Flasche Wein und zwei Flaschen Schnaps.

Melly war sich sicher, dass es drei gewesen waren. Aber die dritte stand jetzt wahrscheinlich schon zur Hälfte geleert neben Mamas Bett.

Melly setzte sich auf die Küchenbank und starrte die Flaschen an, als wären sie etwas Lebendiges. Etwas Böses, das man bekämpfen und vernichten musste. Melly hatte es versucht. Die Flaschen versteckt, ausgeschüttet und einmal sogar eine in hohem Bogen aus dem Fenster geworfen.

Da hatte Mama sie an den Schultern gepackt und so heftig geschüttelt, dass Melly übel geworden war. Mama hatte sie angeschrien. Schrecklich laut, voller Wut und mit geröteten Augen, die gar nicht mehr aussahen wie die von Mama.

„Was hast du getan? Bist du übergeschnappt? Weißt du eigentlich, was so eine Flasche kostet? Himmelherrgottnochmal, du dummes Kind! Kannst du nicht verstehen, dass ich das brauche? Ja, schau nicht so! Das ist wie Medizin für mich, ohne kann ich nicht schlafen, und das weißt du genau! Und ich muss schlafen, damit ich wieder arbeiten kann, den ganzen Scheiß …“

Melly war in Tränen ausgebrochen, und ihre Mutter hatte sie losgelassen und resigniert angestarrt. „Nein, das kannst du nicht verstehen, tut mir leid, was ich gesagt habe. Du bist kein dummes Kind. Du bist doch meine kleine Sonne. Einfach viel zu jung, um die Probleme der Erwachsenen zu verstehen. Aber tu das nie wieder, hörst du?“

Melly hatte genickt und gehorcht. Nie wieder eine ganze Flasche Schnaps ausgeschüttet. Aber mit Wasser verdünnt, so oft es ging.

Denn Melly war gewiss kein dummes Kind. Sie war dreizehn, aufgeweckt und fröhlich, wenn es ihr gelang, ihre Mutter vom Trinken abzuhalten. Melly hatte das Down-Syndrom. Trisomie 21. Früher hatte sie den normalen Kindergarten besuchen können, doch dann musste sie in eine andere Klasse als ihre Freundinnen. Eine Sonderklasse für Kinder, die mehr Unterstützung beim Lernen brauchten. Und von da an hörte sie manchmal auf dem Schulhof Worte, die wehtaten. Auch wenn Melly sie damals gar nicht richtig verstanden hatte.

Idiot, Spasti, Mongo.

Mellys neue Lehrerin war eine tolle Frau, die ihre Schüler Wunderkinder und Sonnenschein nannte. Die eine unendliche Geduld hatte, sie zum Lachen brachte und ihre Fortschritte mit ihnen feierte. Ihnen Selbstvertrauen schenkte und sogar eine Theatergruppe gründete, die zweimal im Jahr einen Riesenapplaus erntete.

„Du bist auf deine Weise klüger als die meisten, und hübsch bist du auch." Das hatte Josy gesagt, Mellys beste und liebste Freundin. Die sie gerettet hatte. Vor drei Jahren auf dem Nachhauseweg.

Als zwei Jungs wie aus dem Nichts aufgetaucht waren und Melly mit ihren Fahrrädern den Weg versperrt hatten.

„Na, du Gnom? Wohin so eilig?"

Der rothaarige Junge war etwa fünfzehn und grinste sie höhnisch an. Melly kannte solche Blicke, sie bedeuteten, dass heute ein schlechter Tag war.

„Nach Hause", sagte sie und versuchte, zwischen den Rädern durchzuschlüpfen. Keine Chance.

„Und wo ist das? In einer Höhle?" Sein Kumpel lachte laut.

Melly wusste nicht, was sie sagen sollte. In ihrem Magen begann es zu kribbeln.

„Du bist doch eine aus dieser Idiotenklasse." Der Junge musterte sie neugierig. „Aber eigentlich siehst du gar nicht so übel aus, obwohl du ein Gnom bist." Er streckte die Hand aus, und Melly zuckte zusammen, als er ihr über ihre langen, braunen Haare fuhr. Ihre blauen, etwas schräggestellten Augen füllten sich mit Tränen.

„Fang doch nicht gleich an zu heulen, das war doch ein Kompliment!" Der Junge kicherte. „Wenn du überhaupt verstehst, was das ist."

„Ich weiß genau, was das ist", rief Melly empört. „Jetzt lass mich durch. Ich muss nach Hause!"

„Wirst du jetzt frech, du Zwerg, du? Ich will doch nur wissen, was du in deinem Rucksack hast."

„Wahrscheinlich Bilderbücher, lesen kann die sicher nicht!", wieherte sein Freund.

„Ich kann wohl lesen!", schimpfte Melly.

„Dann zeig her!" Der Rothaarige packte den Träger ihres Rucksacks und zerrte daran.

Im Rucksack war das Portemonnaie mit dem Geld, das Mama ihr mitgegeben hatte, damit sie nach der Schule noch einkaufen konnte.

„Nein! Lass los!", brüllte Melly, als sie spürte, wie ihr der Rucksack von den Schultern glitt.

Nun zerrte auch der andere Junge an den Riemen, und Melly stürzte auf den Rücken. Weinend blickte sie auf in ihre Gesichter, in lachende Fratzen. Ihr Rock war beim Sturz hochgerutscht, und das laute Gelächter der Jungs trieb ihr die Schamesröte in die Wangen.

Der Rothaarige ließ sein Fahrrad fallen und packte den Rocksaum.

„Schau dir das an!", rief er. „Die hat Micky-Mouse-Unterhosen an! Was da wohl drunter ist?" Er schob den Zeigefinger in den Bund ihres Slips und zog daran.

„Lass doch mal schauen, wie so ein Gnom da unten aussieht!"

Eine Sekunde war Melly wie versteinert, dann schlug sie kreischend und strampelnd auf seine groben Finger.

Eine gellende Stimme ließ die Burschen zusammenzucken.

„Was macht ihr da, ihr Arschlöcher! Lasst sie sofort in Ruhe!"

Ein junges Mädchen, vielleicht so alt wie die Jungs, drängte sich dazwischen. Ihre rotbraunen Locken leuchteten in der Sonne wie poliertes Holz, und ihre grünen Augen funkelten vor Zorn.

„Was geht's dich an, verpiss dich!"

„Lass mal", stammelte sein Kumpel kleinlaut. „Komm, wir gehen."

„Spinnst du? Was soll das? Lässt du dir von so einer Tusse sagen, was du zu tun hast?"

Das Mädchen kniete sich neben Melly und half ihr aufzustehen.

„Das ist Josy. Josy Tauben", flüsterte der Junge dem Rothaarigen ins Ohr. „Sie kennt mich, mein Vater arbeitet bei denen in der Firma. Komm schon, ich will keinen Ärger." Er trat in die Pedale, und sein Freund hob sein Rad auf und folgte ihm widerwillig.

„Hast du dich verletzt?"

Melly schüttelte den Kopf und wischte sich schniefend mit dem Handrücken die Tränen aus dem Gesicht. „Nein, nein, ich habe nur so schlimm Angst gehabt."

„Das kann ich gut verstehen! Aber jetzt musst du keine Angst mehr haben, das verspreche ich dir. Ich kenn die beiden Idioten, und ich werde dafür sorgen, dass das ein Nachspiel hat. Die werden dir nie wieder etwas tun!"

Melly lächelte das Mädchen an. „Danke, dass du mir geholfen hast. Ich heiße Melly, und dich hab ich schon auf dem Schulhof gesehen. Deinem Papa gehört doch die große Backwarenfabrik, ich hab auch schon eure Semmeln gekauft."

„Na dann, kleines Fräulein, ich bin Josefine Tauben, aber alle nennen mich Josy. Sehr erfreut, dich kennenzulernen!"

Melly ergriff die ausgestreckte Hand und schüttelte sie mit ernster Miene. „Sehr erfreut."

Seit diesem Tag vor drei Jahren waren sie trotz des Altersunterschieds dicke Freundinnen. Für Melly war Josy die Schwester, die sie gerne gehabt hätte. Mit ihr konnte sie über alles reden, und in Josys Gegenwart, wagte niemand einen dummen Spruch zu machen.

Als Melly völlig unvorbereitet ihre erste Periode bekommen und vergeblich versucht hatte, ihre betrunkene Mutter wachzurütteln, war sie zu Josy geflüchtet. Weinend und verängstigt. Josy hatte sie in den Arm genommen, ihr geduldig alles erklärt und ihr eine Packung Binden gegeben.

„Jetzt sind wir Blutsschwestern", hatte Josy mit einem Augenzwinkern gesagt, und Melly hatte sich stolz gefühlt. Obwohl diese komische, neue Sache doch etwas eklig war.

Wenn Josy doch endlich wieder da wäre, dachte Melly und schob die Schnapsflaschen wie Spielfiguren auf dem Küchentisch hin und her. Schon drei Wochen war sie fort. In Südfrankreich, Urlaub machen nach dem bestandenen Abitur.

Ja, ja, Urlaub. So was hatten Melly und ihre Mutter noch nie gemacht. Irgendwo hinfahren, einfach so. Bestimmt wäre das schön, aber wenn kein Geld da war? Dann konnte man höchstens in den Zoo gehen, wenn überhaupt. Vielleicht wäre mehr Geld da gewesen, wenn sie einen Papa gehabt hätte. Aber Mama sagte immer, sie könne froh sein, dass der Scheißkerl abgehauen ist.

Melly runzelte die Stirn. Eigentlich hätte Josy schon vor einer Woche zusammen mit ihren Freundinnen heimkommen sollen. Aber sie war länger geblieben. Das hatte ihr Klara, die sich bei Josy zu Hause um den Haushalt kümmerte, erzählt. Alleine, einfach so. Melly konnte sich nicht vorstellen, was sie da machte. Ganz allein.

Aber sie wird mir alles genau erzählen, wenn sie endlich wieder da ist, dachte Melly und seufzte tief. Sie starrte auf die Flaschen und fühlte sich entsetzlich einsam.

Wie ein Astronaut, der im Weltall verloren gegangen war.

Mads

„Ist er tot?", fragte Bernadette und zog den Rotz hoch.

Mads sah sich um. Ein kühler Wind fegte durch den Stadtpark, und vertrocknete Blätter wirbelten wie aufgescheuchte Vögel durch die Luft. Es war später Nachmittag, Regenwolken verdunkelten den Himmel, und die Spaziergänger hatten sich eilig verzogen. Vorsichtig näherte er sich der Parkbank, auf der ein junger Mann lag und mit leerem Blick in den Himmel sah.

„Ich glaub schon", erwiderte Mads und beugte sich über ihn. Der Kerl sah erbärmlich aus. Abgemagert bis auf die Knochen. Seine Kleider waren abgewetzt und schmutzig. Der Gestank kam von dem Erbrochenen, das wie ein grausiger Latz auf seiner Brust lag. Wieder hatte es einen erwischt.

Die Leute vom Sozialamt gaben sich alle Mühe. Sie boten Anlaufstellen, Streetworker, Beratung und Hilfe beim Entzug, aber manchmal nützte alles nichts. Die grausamen Monster, die sich die Süchtigen spritzten, schluckten, rauchten oder in die Nase zogen, waren stärker. Wie gefräßige Alligatoren zerrten sie ihre Beute mit sich bis in den Tod. Alt oder jung, reich oder schon auf der untersten Stufe angelangt, spielte dabei keine Rolle. Das hatte Mads oft genug erlebt.

„Dann lass uns abhauen", rief Paule und schob den Einkaufswagen an, in dem er seine ganze Habe herumkutschierte.

„Sollten wir nicht jemanden informieren?", fragte Mads. Der Kerl, der wie vom Teufel ausgespuckt auf der Bank lag, tat ihm leid.

„Bist du jetzt etwa stolzer Besitzer eines Handys?",
fragte Bernadette und grinste ihn an.

Sie war erst Mitte dreißig, also so ungefähr, denn
genau wusste Mads das nicht. Sie wäre eigentlich ganz
hübsch gewesen, aber wenn sie den Mund aufmachte,
sah Bernadette wie eine alte Frau aus. Bei einer
Schlägerei hatte sie sämtliche Vorderzähne eingebüßt.

„Nein, woher auch", brummte Mads.

„Die Bullen werden ihn beim nächsten
Kontrollgang schon finden, also los jetzt, gehen wir
nach Hause, gleich fängt es an zu regnen",
kommandierte Paule und marschierte voran.

Mads seufzte resigniert und folgte den beiden.
Seiner kleinen Truppe. Irgendwann, vor etwa einem
Jahr, war er Paule und Bernadette auf der Straße
begegnet. Obdachlos, genau wie er. Und sie hatten sich
zusammengetan. Weil sie einander sympathisch
waren, aber vor allem, weil es sicherer war. Irgendwo
alleine zu pennen, war keine gute Idee für Leute wie
sie. Hier oder anderswo.

Wobei .... Seit Mads hier gestrandet war, in dieser
Stadt mit etwa hunderttausend Einwohnern, vielen
Parks und einer herausgeputzten Altstadt, hatte er noch
nicht so viel einstecken müssen. Verachtung,
manchmal ein angewidert verzogenes Gesicht, das ja.
Aber daran war Mads seit vielen Jahren gewöhnt. Oder
waren es Jahrzehnte? Mads wusste das gar nicht so
genau, und es interessierte ihn auch nicht mehr.

Früher, ja früher hatte er noch geglaubt, dass sein
Leben auf der Straße nur so eine Übergangsphase
wäre. Bis er wieder Fuß gefasst hätte. Wieder einen
Job und eine Wohnung hatte.

Beides – und seine Familie hatte er damals verloren, weil er ein Idiot gewesen war. Und schuld an einem schrecklichen Unfall. Schuldig und feige. Er war einfach abgehauen, weil er die Blicke, mit denen man ihn nach dieser Tragödie angesehen hatte, nicht mehr hatte ertragen können. Er war geflohen, ohne Ziel durch die Welt geirrt, und die Zeit hatte sich in einen träge dahinströmenden Fluss verwandelt.

Manchmal fragte sich Mads, wie alt er jetzt eigentlich war. Doch schon siebzig? Er hätte nachschauen können in dem zerknitterten Ausweis, den er all die Jahre mit sich trug. Aber wozu? Würden ihn seine Knochen weniger schmerzen, falls er feststellen würde, dass er doch noch jünger war? Wohl kaum.

„Komm in die Gänge, Mads!", rief Paule verärgert, als die ersten Regentropfen auf den gepflegten Weg klatschten. „Ich will nach Hause!"

Zu Hause. Das war im Moment noch eine Ecke in der Unterführung am Ende des Parks, in die sich kaum jemand verirrte. Weil es dunkel war, die Wände mit obszönen Sprüchen vollgesprüht waren und es nicht gerade nach Rosen duftete.

Und weil wir da hausen, dachte Mads. Sie hatten sich einigermaßen gemütlich eingerichtet. Und wenn es nicht in Strömen schüttete und das Wasser in Rinnsalen durch die Unterführung lief, konnten sie auf trockenen Matratzen schlafen.

Was will man mehr?

Doch in ein paar Wochen würden sie sich nach einer neuen Bleibe umschauen müssen. Im Winter ließ der Wind mit seinem eisigen Atem die Bartstoppeln gefrieren und knistern.

Paule parkte seinen Einkaufswagen und reichte Bernadette einen Plastikbeutel. Sie ließ sich ächzend auf ihre Matratze plumpsen und wühlte darin herum. Zum Vorschein kamen ein angebissener Kebab, zwei Brötchen in einer Tüte, die wohl jemand verloren hatte, eine Schachtel mit Pizzaresten und eine angebrochene Plastikflasche mit irgendeinem knallroten Saft.

„Nicht schlecht", freute sie sich und breitete die Beute vor sich aus. „Wer möchte was?"

Paule setzte sich zu ihr und griff nach einem Brötchen. In der Hand hielt er eine Rotweinflasche, an der er seit zwei Tagen nuckelte. Mads wusste, dass er sich vorgenommen hatte, nicht mehr so viel zu trinken. Denn kürzlich hätte Paule sich bei einem Sturz fast das Genick gebrochen. „Hast du keinen Hunger?", fragte er.

Mads schüttelte den Kopf. „Nein, danke. Ich hatte heute ein richtiges Mittagessen."

Ja, er hatte mal wieder Glück gehabt und für ein paar Stunden Arbeit bekommen. In einer Autowerkstatt im Industriegebiet. Der Betreiber reparierte Schrottkarren, die aus dem letzten Loch pfiffen und um die sich sonst niemand kümmern wollte, weil es kaum mehr Ersatzteile dafür gab. Irgendwie schaffte er es immer, die Autos wiederherzurichten. Es war nicht so, dass sich die Kundschaft drängelte, und Mads vermutete, dass er sein Geld nebenher mit ganz anderen Dingen verdiente. Aber das ging ihn nichts an. Für Mads zählte nur, dass er von Zeit zu Zeit in der Werkstatt mithelfen konnte. Es gab ein paar Euros unter der Hand. Und manchmal, so wie heute, auch etwas Warmes zu essen.

„Die gnädige Frau ist im Anflug", rief Bernadette mit vollen Backen.

„Mist, ausgerechnet dann, wenn ich keine Krawatte umgebunden habe", sagte Paule und schwenkte die Flasche.

„Hattest du überhaupt jemals eine?", neckte ihn Mads.

Er mochte seinen ständig vor sich hin schimpfenden Kumpel. Wenn man Paule nicht kannte, konnte einem sein grimmiges Gesicht schon Angst einjagen. Paule war – nach eigener Aussage – gerade vierzig geworden und ein stämmiger Bursche, der sich nicht so leicht einschüchtern ließ. Weder von der Polizei noch von diesen Idioten, die von Zeit zu Zeit ein Spiel veranstalteten.

Sie nannten es „Rattenjagd".

Nur, dass die Ratten keine vier Beine hatten und alle obdachlos waren. Randständig. Was für ein Wort, aber so war es doch. Leute wie sie lebten abseits der Gesellschaft wie Unkraut an den Rändern eines keimfreien Ackers.

Das Geräusch von Rollen eines Koffers, begleitet von dem Klackern von Absätzen hallte in der Unterführung. Das war eindeutig die Gräfin. So jedenfalls hatte sie sich ihnen vorgestellt.

„Gräfin Felicitas Hermine Frederica von Waldenstein."

„Drauf geschissen", hatte Paule gestänkert.

Für Mads war sie „die Reisende", und das traf es wohl ziemlich gut.

Die sonnige Zeit
Dystopischer Thriller

„Rotznase."

Es war nur ein Flüstern. Das Baby, das dösend in einem alten Korbwägelchen lag, öffnete die Augen. Die niedrige Zimmerdecke war geschwärzt vom Rauch des kleinen Ofens, in dem der letzte Rest der Holzscheite zu Asche zerfiel. Vor dem mit Eisblumen geschmückten Fenster tobte der Wintersturm und rüttelte an den Holzläden.

„Hier bist du, du Rotznase!"

Die winzigen Finger des Babys verkrampften sich unter der Decke zu einer Faust, als sich der Schemen über das Bettchen beugte.

Das Baby war erst wenige Tage alt, Worte hatten noch keine Bedeutung. Und doch war da die instinktive Angst vor dieser Stimme, die es schon im Mutterleib gehört hatte.

„Hässliches Balg."

Die vergilbte Daunendecke wurde zur Seite geschoben, und dünne Finger strichen über die nackten Beinchen.

Die Kälte kam mit diesem Mädchen.

Das Baby strampelte und begann leise zu weinen. Das Mädchen stützte sich mit den Armen auf den Rand des Wägelchens und beobachtete es interessiert.

„Käfer."

Ja, das Baby zappelte genauso wie der Käfer, der im Sommer auf dem Rücken liegend vor seinen Füßen gelandet war. Das Mädchen hatte einen dicken Halm genommen und all seine Versuche vereitelt, wieder auf die Beine zu kommen. Hatte ihm mit dem verdorrten Stiel auf den Bauch gedrückt, bis ihm schließlich sein Gezappel langweilig wurde. Da hatte es diesen dummen Käfer zertreten.

Es war ein scheußliches Geräusch gewesen.

„Scheußlicher Käfer! Du bist auch ein scheußlicher Käfer. Hör auf zu zappeln!"

Das Baby blinzelte.

Das Mädchen drehte den Kopf und musterte den Ofen. Der Kinderwagen stand direkt davor. Es streckte die Hand aus und öffnete die Eisenklappe. Ein Holzstückchen glomm noch darin, es war Zeit, nachzulegen. Aber es gab kaum noch Holz. Kohle gab es schon lange nicht mehr. Warum also die letzten Scheite verschwenden?

„Unnützer Käfer."

Das Mädchen ließ das Türchen offen und wandte sich wieder dem Baby zu, das nun heftig weinte.

„Deine Mama kann dich nicht hören. Mama ist tot."

Das Baby schniefte und verstummte. Als hätte es verstanden, was das Mädchen da sagte.

„Die Mama kommt unter die Erde."

Das Mädchen beugte sich tiefer und starrte in das Gesicht des Kindes. Wartete auf eine Reaktion.

Ein Zeichen.

Das Baby blickte ihm direkt in die Augen. Wasserblaue Augen, wie die seiner verstorbenen Mutter.

Das Mädchen zog misstrauisch die Brauen zusammen und rückte noch näher.

„Sehen. Du kannst sehen, du Rotznase? Du kannst es auch?" Das Mädchen zuckte erschrocken zurück.

Die Arme hinter dem Rücken verschränkt, trat es unruhig von einem Bein auf das andere. Angst schlich sich in seine Gedanken und rüttelte an seiner Entschlossenheit.

Das Balg ist wie ich! Es hat die Gabe.

Das hatte das Mädchen nicht erwartet. Dass auch dieses Kind Dinge fühlen und sehen konnte, die anderen Menschen verborgen blieben. Doch was machte das schon? Es beugte sich wieder über das Baby, das nun ganz still dalag und aufmerksam mit klarem Blick jede Bewegung verfolgte. Das Mädchen hatte das Gefühl, von einem Erwachsenen angestarrt zu werden.

Unsinn!

„Was willst du? Du kannst gar nichts tun! Du bist nur ein kleiner Käfer. Ein unnützer Esser!"

Das hatte die Mutter des Mädchens gesagt, die bei der Geburt geholfen hatte. Als das Baby auf die Welt kam und seine Mama verblutete. Im selben Zimmer, in dem es jetzt lag.

Großvater hatte geweint, als er mit den blutgetränkten Tüchern im Arm aus dem Zimmer getorkelt kam. Er hatte seine Enkelin nicht bemerkt, die ihn im dunklen Flur an die Wand gepresst beobachtete, wie er die Tür zur Waschküche aufriss, die gleichzeitig als Vorratskammer diente. Er humpelte noch stärker, als er es wegen seiner Kriegsverletzung ohnehin schon tat. Er ließ die Tücher einfach auf den Boden fallen und stützte sich auf die hölzerne Truhe, in der das Hühnerfutter aufbewahrt wurde. Klammerte sich daran wie ein Schiffbrüchiger. Er hatte schon seine Frau verloren und nun auch noch seine jüngste Tochter.

Das Mädchen sah, wie sein Rücken und seine Schultern bebten, als hätte er Krämpfe. Er weinte. Aber er weinte leise. Und die Schreie aus dem Zimmer waren verstummt. Darüber war das Mädchen froh gewesen.

Es rüttelte an dem Wägelchen. „Deine Mama ist tot! Und dich können wir nicht brauchen. Dich wollen wir nicht!"

Seine Angst vor dem Baby war verschwunden, seine Entschlossenheit wieder da.

Es ging zum Fenster und öffnete es. Das war gar nicht so leicht, denn es war zugefroren. Als es endlich aufflog, wäre das Mädchen beinahe selbst wie ein Käfer auf dem Rücken gelandet.

Das Baby begann wieder zu weinen. Als wüsste es, dass es nicht mehr lange leben würde.

Der Sturm wirbelte große Schneeflocken bis in die Mitte des Zimmers. Sie setzten sich auf den Rand des Kinderwagens wie neugierige Vögel.

Das Mädchen schob den Wagen dicht an das Fenster, und nun legten sich die Flocken auf den Körper des Babys.

Nicht lange, dann würde aus ihnen eine neue, reine Decke werden.

Das Mädchen blickte noch einmal in das winzige, vom Weinen gerötete Gesicht.

Wieder trafen sich ihre Blicke, und diesmal rannte das Mädchen davon.

„Vielen, vielen Dank, Frau Ebner!", stammelte Sebastian. Er konnte sein Glück kaum fassen. Nun hatte sie ihm auch noch zwei Zuckerrüben gegeben. Sorgfältig verknotete er den Sack, in dem bereits ein paar Holzscheite und eine Handvoll Kartoffeln lagen.

„Ach Gott, Bub! Komm her!" Die Bäuerin breitete die Arme aus und drückte ihn an sich, dass ihm fast die Luft wegblieb.

Aber das war ihm egal. Wie immer hielt er still, während sie ihn herzte und auf die Wangen küsste. Dicke Tränen kullerten ihr über die Backen und tropften wie warmes Wasser in seine Haare. Es machte ihm nichts aus, er war daran gewöhnt. Sebastian war erst sieben Jahre alt, aber er konnte ihren Kummer verstehen. Ihr Sohn war vor Jahren gestorben.

„Er war gerade mal so alt wie du!", hatte sie ihm schluchzend erzählt. Ihr Mann war im Krieg verschollen, und man hatte nichts mehr von ihm gehört. Tag und Nacht schuftete sie mit ihren beiden halbwüchsigen Töchtern und einer ständig schlecht gelaunten Magd, um den Hof zu halten. Und wenn sie konnte oder wieder einmal besonders traurig war, steckte sie Sebastian etwas zu.

Natürlich nicht umsonst. So jung und hungrig er auch war, das hätte er niemals gewollt. Auf ihrem Hof gab es immer etwas zu tun, was er mit seinen kleinen Händen schaffen konnte.

Die Tür wurde aufgerissen, und die Magd betrat mit grimmigem Gesicht die Küche.

„Na, Bäuerin? Fütterst du schon wieder den kleinen Wolf?"

Sebastian wand sich wütend aus der Umarmung.

Ja, es war so. Seine braunen Haare waren von seltsam gräulichen Strähnen durchzogen. Und zu allem Übel lautete sein Nachname auch noch Wolf. Er war es gewohnt, dass man ihn so nannte, und das würde wohl sein Leben lang so bleiben. Aber wie die Magd das sagte, klang es wie ein Schimpfwort.

Es klang wie „Dieb"!

Dabei hatte er den ganzen Morgen in der Scheune geschuftet wie ein Ochse. Kisten hin- und hergetragen, na ja, mehr gezogen. Und den Boden gefegt.

„Was geht das dich an! Du wirst deswegen schon nicht verhungern!", knurrte die Bäuerin. Sie stülpte ihm die Wollmütze über den Kopf und gab ihm einen letzten feuchten Schmatzer auf die Nase.

„So, Basti! Jetzt schau, dass du heimkommst. Der Sturm wird immer schlimmer."

Das Heulen vor dem Haus klang beängstigend, aber Sebastian freute sich viel zu sehr über seinen heutigen Lohn, um sich Sorgen zu machen.

„Also, dann geh ich jetzt! Danke nochmals!" Er packte den Sack mit beiden Händen. Er war verheißungsvoll schwer. Seine Mutter würde sich freuen und ihn wieder „mein großer Junge" nennen.

Vor dem Haus stand sein alter Schlitten. Er kramte ein Stück Seil aus seiner Tasche und band den Sack gewissenhaft fest. Unter dem Vordach der Scheune türmte sich der Schnee, und als er davonstapfte, versank er fast bis zu den Oberschenkeln darin.

Es würde ein mühseliger Heimweg werden.

Das Dorf konnte er in dem Schneetreiben gar nicht sehen. Schritt für Schritt kämpfte er sich vorwärts. Der Schlitten schlingerte hinter ihm her wie ein kleines Boot im Sturm, und die Flocken stürzten sich auf ihn, als wollten sie ihn fressen. Mit gesenktem Kopf und zusammengekniffenen Augen pflügte er sich seinen Weg.

Da hörte er die Kapellenglocke. Scheppernd, wie durch Watte. Er blieb nicht stehen, doch seine Gedanken wanderten zu dem kleinen Friedhof. Er konnte sie förmlich vor sich sehen. Die wenigen Menschen, die um das Grab standen, das sie dem gefrorenen Boden abgetrotzt hatten.

Jetzt begraben sie die Maren!

Sebastians Herz wurde schwer. Er hatte sie sehr gemocht. Sie war ihm vorgekommen wie einer der Engel, die auf den Bildern in der Kapelle abgebildet waren. Mit blauen Augen, die freundlich blickten. Mit Haaren, so hell wie die Weizenfelder im Sommer. Und mit einem Lachen, das jede Finsternis vertrieb.

Noch vor ein paar Tagen war sie vor dem Haus ihres Vaters gesessen. Das Gesicht der Sonne entgegengestreckt, die unverhofft hinter den Wolken aufgetaucht war.

„Komm her zu mir, Basti!"

Sie klopfte auf den freien Platz auf der Bank, und Sebastian setzte sich nur zu gerne zu ihr. Ihre Hände lagen auf ihrem dicken Bauch.

„Wann kommt es denn?", fragte er und starrte auf die Wölbung unter dem Mantel.

„Bald! Bald kommt die Lilly!"

Ende der Leseproben.